KB262197

자폐특공대

자폐특공대

김사라
김소영
김진성
김한나
김사무엘

RHK
알엔이치코리아

일러두기

- 이 책의 본문은 한글 맞춤법 및 외래어 표기법을 따르는 것을 원칙으로 하되,
  일부 표현은 생생한 입말과 고유한 표현을 살리기 위해 예외를 두었습니다.
- 규범 표기는 '한나 씨'지만, 이 책에서는 '자폐특공대' 가족이 쓰는 애칭을 살려
  '한나씨'로 표기했습니다.

책 소개

이 책은 자폐증이 있는 한나씨와 가족들의 이야기입니다.

한나씨를 지키며 각자의 자리에서 성실하게, 즐겁게 살아가는 가족 구성원들이 마치 한나를 지키기 위해 구성된 '특공대' 같다고 하여 아버지께서 이름 붙여주신 《자폐특공대》. 이 책의 제목에 이끌려 페이지를 펼쳐주신 분들에게 무한한 감사를 드리며, 언제나 삶에 평안과 행복, 그리고 부와 명예가 가득하길 바라겠습니다.

비장애인으로 살기에도 너무나 험난한 이 세상에서 어찌 보면 해맑게, 또 어찌 보면 슬프게, 하지만 사랑이 넘치게 우리 가족이 삶을 이어나가는 이 일상 모험기를 재밌게 읽어주셨으면 좋겠습니다.

한나씨에게

한나야. 엄마가 남들에게는 너를 장애인이라고 소개하지만 나한테는 그냥 평범한 딸이야. 남들도 너를 그렇게 생각했으면 좋겠어.

- 엄마가

존재 자체가 하나님의 은혜인 한나야. 나는 너와 함께할 수 있다는 것이 그저 기쁘고 감사할 뿐이야. 결국에는 행복하고, 그리고 또 행복해라.

- 아빠가

한나야. 항상 내 인생의 커리어가 되어줘서 고마워. 넌 내 최고의 업적이야. 내가 낳은 건 아니지만. ^^

- 언니가

지금도 어리지만 더 어려서 철이 없고 단순했던 과거의 나는 '누나가 자폐인이 아니었다면…'이라는 상상도 했지만, 지금은 그런 상상을 하면 너무 끔찍하고 내 인생에 손해일 거라는 생각이 들어. 누나가 자폐인이기에 지금의 나로 성장할 수 있었으니까. 남들 앞에서 나는 그저 평범한 대학생일 수 있어도 특별한 누나만큼은 내 자랑거리가 아닐까?

- 동생이

영웅에겐 늘 탄생 비화가 있다. 이 책에도 있다.

난 예전부터 한나가 장애인인 것에 별 거리낌이 없었다. 오히려 나의 특별함을 과시하기 위해 한나를 마음껏 이용했다. 장애인에 대한 시선이 어릴 적부터 남달랐던 것이다.

한나는 내 삶에서 계속 등장했다. 어릴 때 '불행 배틀' 같은 걸 반 친구들끼리 할 때도 부모님이 이혼하셨다든지, 집이 너무 가난하다든지 하는 일들이 내 이야기에 묻혔다. "내 동생은 장애인 1급 판정을 받은 자폐아동이야"라는 말을 얹으면 난 거의 대부분의 불행 배틀에서 승리했다. 이후 대학교 입시를 위해 쓴 자기소개서에도 한나의 이야기는 빠지지 않았다. 내가 간 대학교의 교육 이념은 '사랑, 진리, 봉사'였는데 이 중

두 개의 이념에서 한나를 써먹을 수 있기 때문이었다. 사랑은 장애가 있는 동생을 위해 서로 사랑하는 마음으로 살아가는 우리 가족에 대해서, 봉사는 내가 장애인인 동생을 약 18년간 어떻게 대해왔는지에 대해서 쓰면 되는 것이었다. 이후 대학교 시절, 그림 그리기를 좋아하는 한나가 얻게 된 고급 태블릿(그 유명한 와콤 회사의 제품)이 마우스만 쓰고 싶어 하는 고지식하고 꽉 막힌 김한나로부터 팽당한 뒤, 나에게 넘어왔을 때… 난 이걸 활용해 한나 이야기를 만화로 그려야겠다고 생각했다. 이유는 딱히 없었다. 한나의 이야기가 제일 만만하고 빵 터지고 자극적이고 재미있는 소재였기 때문이다. 그저 낙서만 좋아했고 그림도 잘 못 그리는 나에게 가볍게 시작하기 아주 딱 좋은 소재였다.

여기까지 읽었을 때, 내가 너무하다는 생각이 들었는가? 어떻게 장애가 있는 동생을 이렇게 무자비하게 수단으로 활용할 수가 있고, 어떻게 언니라는 사람이 너무나 인간미 없는 태도로 동생을 대하는 건지 부정적인 마음이 드는가? 그렇다면 이 책을 꼭 읽어주었으면 좋겠다. 나는 단 한 번도 한나가 싫다든지, 한나를 사랑하지 않는다든지 하는 말을 한 적이 없다.

많은 사람이 가족을 소재로 창작물을 만들어 내고, 가족을 사랑하는 만큼 가족 이야기를 자주 한다. 난 그저 한나가 자폐인 것이 슬프지 않을 뿐이다. 그녀에게 장애가 있는 것이 특이하고 불편하긴 해도, 난 한나를 사랑하고 한나가 자랑스럽다. 그래서 늘 남들에게 한나의 이야기를 해왔던 것이다. 그래, 정말 특이하고 불편할 뿐이다.

형편없는 그림 실력이었지만, 정말 재미있게 그렸다. 그때 아버지가 지어주신 만화 제목이 바로 〈자폐특공대〉였다. 고맙게도 많은 사람이 한나의 매력에 빠져들었다. 근데, 한 가지 생각하지 못한 문제에 봉착했다. 난 이게 문제가 될 거라고 생각도 못 했는데 말이다.

"아무리 동생이 실제로 장애를 가졌어도… 이렇게 가볍게 '자폐'라는 말을 사용해서 만화 소재로 삼는 건 눈살이 찌푸려지네요."

이런 댓글이 종종 달리기 시작한 것이다.

맙소사. 정말 이렇게 생각하는 사람이 있다니! 그것도… 많다니!

요즘에야 〈이상한 변호사 우영우〉라든지 기타 미디어 매체의 영향으로 장애인에 대한 인식이 많이 좋아진 편이지만, 10년 전에 내가 한나 이야기를 만화로 그릴 땐 '자폐특공대'라

는 제목마저 논란이 될 정도였다. 아, 고작 10년 전인데도 그
랬다.

우린 이걸 '자폐'라고 부르기로 했어요.

'자폐'는 그저 용어, 단어일 뿐이다. XX 염색체를 가진 이들
을 '여자'라고 부르고, XY 염색체를 가진 이들을 '남자'라고 부
르고, 일정 나이 아래의 사람을 '어린이'라고 부르고 일정 나
이 이상의 사람을 '어른'으로 부르는 것처럼…. 사람들과 소통
이 어렵고 자신만의 세계에 갇혀 있는 이 귀여운 사람들을 우
리는 '자폐'라고 부르기로 했을 뿐이다.

〈자폐특공대〉를 '네이버 도전 만화'에 연재할 때, 내 기준이
긴 해도 꽤나 큰 인기를 얻었다. 조회수 몇천 회는 기본으로
나왔으니까. 정식 연재 도전은 실패했지만, 그래도 꾸준히 연
재를 이어나갔고 그게 내가 '작가'가 될 수 있는 첫 계기였다.

그리고 몇 년 뒤, 엄마가 한나를 주인공으로 한 유튜브 채
널을 시작했다. 물론 처음에는 엄청 망설이셨다. 엄마는 한나
를 주제로 한 창작 활동을 시작하는 것에 나보다 훨씬 더 민감
했다. 충분히 이해가 가는 건 물론이고 당연히 그럴 것이라 예
상했다. 나는 동생이 귀엽고 웃기고 가끔은 짜증 나는 '언니'

지만, 엄마는 '엄마'니까.

하지만 난 내가 그렸던 만화 〈자폐특공대〉를 내세우며 엄마를 설득했다. 물론 이런 말도 덧붙였다. "악플 같은 거 달리면 내가 다 해결해 줄게." 그러나 나도 꽤 긴장했던 것 같다. 한나에 대한 영상을 올릴 때 악플에 관한 경고문을 늘 영상 앞부분에 달았으니까. 만화와 영상은 아주 다른 창작물이었고 난 그 차이를 잘 알고 있었다. 광고 관련 학과, 광고 회사, 웹콘텐츠 회사, 웹툰 연재 N년차의 미디어 짬밥은 내 머릿속에서 경종을 마구 울려댔다. 사람들이 한나를 못 받아들일까 봐 걱정됐다. 한나에게 가족이라는 든든한 울타리가 있다는 것을 뻔히 알면서도 한나가 혼자가 되면 기다렸다는 듯이 달려들어 한나를 해코지했던 사람들이 현실에도 있는데… 그녀의 존재가 실물로 인터넷이라는 공간에 뿌려지면 어떤 일들이 발생할지 예상조차 가지 않았다. 내가 밀어붙인 탓에 온 가족이 상처를 받으면 어쩌지? 나 때문에 모든 가족이 겪지 않아도 될 슬픈 일을 겪으면 어쩌지?

하지만 사람들은 생각보다 따뜻했다. 물론 유튜브 개설 초반에는 자식 팔아 장사한다, 자폐 아닌 것 같은데 주작이다, 살 좀 빼라 등의 프로 악플러 및 프로 오지라퍼들의 공격이 개

시됐지만 그것도 잠시였다. '꽃돼지'라는 이름으로 불리는 한나의 팬들이 또 다른 자폐특공대가 되어 한나를 지켜주기 시작한 것이다. 지금 유튜브 구독자가 1만 7천 명쯤 되니까… 우리 가족을 제외하고도 1만 7천 명이나 되는 자폐특공대 대원들이 생긴 것이다! 이 얼마나 놀라운 일인가.

그렇게 시간이 지나고… 정신을 차려 보니 이 글을 쓰고 있다. 여태 동생을 팔아(?) 본인의 커리어를 쌓아 올리던 나쁜 언니의 업보가 드디어 청산되고 있는 것이다.

많은 분들이 이 책을 읽었으면 좋겠다. 우리 가족이 더 유명해지게. (농담 아니다.) 장애인을 구성원으로 둔 가족들에게는 공감과 안심을, 비장애인으로만 구성된 가족들에게는 장애인 가정에 대한 이해와 친밀감을, 그리고 우리 가족에게는 부와 명예를 가져다줄 수도 있는 이 책을… 이제 시작하려고 한다.

이 책에 손을 뻗어주신, 아니면 클릭을 해서 구매해 주신, 그것도 아니면 나에게 강제로 선물을 받아버린… 아무튼 이 책을 지금 손에 들고 있는 모든 분들의 삶에 부와 명예, 사랑과 평화, 건강과 행복이 가득하길 바란다.

김사라

한나씨가 그린 '자폐특공대'의 모습

 김한나

1995년 11월 6일 · ENTJ(추정) · 공주님

안녕 하세요 저는 한나 입니다.
그리고 증조 할머니, 증조 할아버지, 콩이 형님
이야기.
아빠, 엄마 저도 집에 있었는데 언니는 서울
에 있어요. 할아버지, 할머니, 고모, 고모부 두
고모드 있었다는데 저는 친절한 한나는 꿈
꾸마을게 있는 일을 햇어요.

김한나

안녕하세요. 저는 한나입니다.

그리고 증조할머니, 증조할아버지, 콩이 무덤 이야기.

아빠, 엄마, 저도 집에 있었는데 언니는 서울에 있어요.

할아버지, 할머니, 고모, 고모부도 와드도 있었다는데

저는 친절한 한나는 공주 마을에 있는 일을 했어요.

안녕하세요. 저는 한나입니다.

돌아가신 증조할머니와 증조할아버지,

무지개다리를 건넌 반려견 시츄 콩이의

이야기를 항상 생각해요.

우리 가족은 아빠, 엄마, 한나, 사무엘이 있고,

언니만 혼자 떨어져 살아요.

할아버지, 할머니, 고모, 고모부,

강아지 와드도 우리 가족이에요.

저는 친절한 한나 공주예요.

사라   그러니까, 요약하면 본인이 공주라는 거잖아ㅋㅋㅋ

진성   우리 공주님, 항상 행복해라^^

무엘   라푼젤이신가요?

소영   김한나는 장례식에 다녀온 이후로 돌아가신 증조할머니, 증조할아버지 이야기를 자주 한다. 기도를 하라고 하거나 이야기를 해보라고 하면 증조할머니, 증조할아버지 이야기가 꼭 나온다. 그리고 외할머니가 몇 년 전 큰 수술을 해서 병문안을 갔는데, 외할머니가 편찮다는 것을 항상 기억하고 있어서 혼나거나 혼자 기분이 안 좋을 때 혼잣말로 "외할머니~"라고 부르며 더욱 우울한 기분을 업시키는 감정 도구(?)로 사용한다. 한나한테 데미지가 갈까 봐 한나는 병실에 안 들어갔지만 내 눈이 퉁퉁 부은 것을 봤고 차에서 내가 한참 우는 것도 봤다. 또 3년 전에는 반려견 콩이가 나이 들어 죽었고 그때부터 한나는 혼자 죽음에 대한 생각을 더 많이 한다. 참 좋은 현상이다. 죽음에 대해 생각한다는 것이…. 언젠가 한나가 형제들과 있게 되면 증조할머니, 증조할아버지를 기억하듯 엄마, 아빠를 기억하

 **김소영**

1968년 2월 18일 · INFJ · 엄마

나는 원래 그냥 '김소영'이었다. 그리고 비장애인이다.

치열함 하나 없이 안정감을 추구하며 평범한 일상을 보내다가 나의 자랑인 정말 멋진 큰딸이 태어났고, 정말 인형처럼 예쁘고 이상한 한나가 태어났다. 이 두 아이는 치열함 하나 없던 나를 치열하게 만들었고, 원래도 안정감을 추구하던 나를 병적으로 안정감을 추구하게 만들었다. 치열함이 극에 다다랐을 때 깨달았는데, 잠시라도 치열함을 잊게 하는 것이 어이없게도 신앙이었다. 신앙은 언제나 나의 것이었는데 말이다.

아직도 치열함에 집중할 때가 많지만, 그럼에도 불구하고 나의 신앙으로 인해 사랑하는 남편, 첫째 사라, 둘째 한나, 막내 사무엘과 신나는 인생을 함께할 수 있길 기도하는 나는 지금도 '김소영'이다.

자폐특공대에서 나는 '초능력자'를 맡았다. 영화 〈트와일라잇〉에 나오는 주인공 에드워드처럼, 한나의 생각을 읽어야 하기 때문이다. 한나를 키우다 보니 나는 정말 한나 한정으로 초능력자가 되어 있었다. 한나의 작은 손가락 움직임만을 보고도 그녀가 뭘 원하는지, 무슨 말이 하고 싶은지 알아채야 했기 때문이다. 나는 지금도 한나씨가 내는 퀴즈를 맞추기 위해 초능력을 이용하고 있다. 그래서 난 자폐특공대의 '초능력자'다.

김진성

1968년 8월 30일 · INTJ · 아빠

나는 '김아빠'다. 왠지 아이들이 나를 그렇게 부른다고 생각하며 살아왔다. 디즈니 애니메이션 〈인크레더블〉을 볼 때 주인공 가족 중에 아빠인 '밥'이 나와 너무 비슷한 모습이라서 깜짝 놀랐다. 자신의 정체성을 찾기 위해 가족을 두고 뛰쳐나갔지만 결국 그 행동이 가족을 위해 발버둥 치는 것이었다는 사실을 깨달은 아빠 '밥'으로부터, 나는 나의 모습을 보았다. 아직도 전화로 아이들 목소리만 들어도 마음이 설렌다. 가족을 위해 누가 기대하지도 않는 사명감을 가진 아빠. 그래서 나는 '김아빠'다.

나는 '목사'이기도 하다. 내가 보기에도 나는 딱 목사인 것 같고, 가족들도 늘 나에게 "딱 목사님이다"라고 말하는데, 사실 자세히 살펴보면 다른 목사들과는 좀 많이 다른 유형이다. 게임도 즐겨하고 낚시도 좋아한다. 하지만 우선순위는 분명하게 지키고 있다. 바로 '목사'로서의 할 일을 하는 것.

가족이 모여 완전체가 되면 그것만으로 세상을 다 가진 듯한 나. 그런 나의 또 다른 이름은 '김진성'이다. 가족은 함께하는 것 자체가 가장 큰 행복이라 생각하고 앞으로도 그런 가족의 일원으로 살고 싶다. 항상 하나님께 감사한다. 우리 가족이 '원 팀'이니까!

그래서 난 이 원 팀 자폐특공대의 '대장'이다. 대장은 힘도 있어야 하고 권력도 있어야 하고 리더십도 있어야 하지만, 가장 중요한 덕목이 하나 있다. 바로 책임감이다. 이 원 팀 내에서 일어나는 일들은 모두 내 탓이고, 내 책임이다! 그러니까 난 자폐특공대의 '대장'이다!!

김사라

1993년 3월 17일 · ENTJ · 언니

각 나라에 외교관이 있듯이, 나는 자폐특공대라는 우리 가족 안에서 외부 활동을 맡고 있는 큰딸, 김사라다. 1년 중 가족들과 떨어져 지내는 시간이 압도적으로 더 길지만 그래도 난 영원히 자폐특공대의 일원임을 알고 있다.

광고 기획자, 웹툰 작가, 드라마 작가, 소설 작가 등을 거치며 수많은 길고 짧은 이야기들을 만들어 냈다. 내가 어쩌다가 이런 일들을 하게 되었을까 어이가 없어 실소가 흘러나온 적도 있었다. 이 일을 그만두고 싶다고 주변에 말하고 다닌 적도 있고 이 일을 하고 싶어 하는 이들에게 "도망쳐!"라는 비밀 메시지를 전달한 적도 있다.

하지만 난 확신한다. 나의 첫 이야기가 한나의 이야기로 시작된 것처럼, 나의 마지막 이야기 역시 한나의 이야기가 될 것이라고. 그래서 난 이 일을 그만둘 수 없을 거라고. 자폐특공대의 일원으로서 한나의 이야기를 기깔나게 세상에 알리는 것이 자폐특공대 외교관 김사라의 임무이자 의무이며, 나만이 가질 수 있는 특권이라고. 그렇게 믿는다.

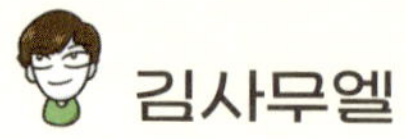

김사무엘

나는 자폐한나씨의 남동생이다. 나는 태어났을 때부터 자폐를 가진 누나를 봐왔기 때문에 장애인을 보는 것이 너무나도 익숙하다. 장애인을 보는 게 남들만큼 새롭지 않다.

어릴 때 자라면서 할 법한 '우리 가족은 왜 이렇게 다를까?'라는 생각도 심각하게 해본 적은 없다. 누나가 자폐라고, 장애를 가졌다고 슬퍼한 적도 없다. 그러나 즐겁고 재미있었던 적은 많다. 남들에게 기죽을 일도, 숨길 거리도 아니었다. 오히려 자랑하거나 내세울 게 많았다.

한번은 한나 누나가 자폐가 아니었다면 하는 상상을 해봤는데, 내가 했던 상상 중에서 가장 슬펐다. 나는 아무래도 '자폐한나씨'가 좋은 것 같다.

이런 행복할 수 밖에 없는 이유를 가진 나는 한나씨의 남동생이자 집안의 늦둥이 막내, 김사무엘이다.

사라 누나는 스스로를 자폐특공대의 외교관이라고 하지만 한때는 지금의 나처럼 '경호원'이었다. 나도 지금은 기숙사 생활을 시작했고, 훗날 내 집을 가지는 등의 이유로 완전히 독립

하는 순간에는 경호원을 은퇴하게 될 것이다. 그러면 나는 아마 자폐특공대의 재무부장관 역할을 하지 않을까 싶다. 내 꿈이 "무조건 돈을 많이 버는 것"이기 때문이다. 그러면 내 돈으로 한나 누나에게 어떤 행복이든 선물해 줄 수 있다. 돈으로는 행복을 못 산다는 사람들이 있다. 그건 거짓말이다. 돈이 많으면 한나 누나와 마음껏 해외여행을 다닐 수 있다!

자폐특공대 연대기

1968년 2월 18일
김소영 탄생

1968년 8월 30일
김진성 탄생

2015년
김한나 고등학교 졸업 후
1년 휴식(백수)

2010년
통영 사택으로
이사

2012년
김사라 고등학교 졸업 후
서울로 독립(대학 입학)

2007년
서울 사택으로
이사

2016년
김한나
잠포학교(특수 학교)
전공과 2년 재학
(이후 졸업)

2017년
유튜브 채널
'자폐한나씨와 통영여인'
(현 '자폐한나씨') 개설

2018년
김한나 장애인 종합 복지관
사회적응반 참여,
이후 복지관 프로그램과 헬스클럽 병행

1991년 5월 7일

김진성&김소영 결혼 및
안동에서 조부모·부모와
함께 3대가 거주

1993년 3월 17일

첫째 딸 김사라 탄생

1995년 11월 6일

둘째 딸 김한나 탄생

1998년

서울 반지하방으로 이사

1998년

김한나
자폐 판정

1999년

대구 사택⚡으로 이사

⚡ 교회에서 사역할 시, 사역자에게
제공되는 거주 공간(교회마다 다름)

2004년 11월 4일

막둥이 아들
김사무엘 탄생

2023년

김사무엘 고등학교 졸업 후
대구로 독립(대학 입학)

2024년

김사무엘 입대 및
김한나 발달장애인 주간활동 센터
다니기 시작

차 례

풍선과 잠자리

 **소영**

2010년 6월 15일, 엄마의 일기

한나는 풍선을 무서워한다. 무서워하는 정도가 아니다. 한나에게 풍선은 완전히 공포다. 초등학교 입학식 때 꾸며놓은 풍선 때문에 입학식에 참여할 수 없을 정도로 풍선을 무서워했다. 이제 한나는 풍선을 그 정도로 무서워하지 않는다. 누군가 풍선을 만지거나 갖고 놀면 좀 무서워하지만, 그 외에는 신경을 거의 쓰지 않는다. 아니, 사실 신경을 쓰지 않는 게 아니라 스스로 신경을 쓰지 않으려고 노력하는 것 같다. 한나의 성장이 나를 기쁘게 한다. (언어도 많이 늘었고….) 어릴 때를 생각

해 보면, 그때와 비교해 보면, 우리 한나… 이제 완전히 숙녀
가 된 것 같아서 너무 고맙다.

예전의 일기를 읽고

왜 행사하는 곳에는 꼭 풍선이 있는지, 원망을 정말 정말
많이 했다. '풍선은 고무로 만들어서 환경에도 좋지 않고…'
뭐 이런 생각을 하면서. 풍선 때문에 풍선이 있는 장소에서 멀
리 돌아가기도 하고, 아예 계획했던 일들을 포기하기도 했다.
가끔 한나가 너무 말을 듣지 않을 때는 "말 안 들으면 풍선 터
뜨릴 거야"라고 협박을 한 적도 있었고 "안 돼요"라는 한나의
말을 들으며 마음 아파할 때도 있었다. 아, 또 죄책감에 우울
해지는 대목이다.

> **사라**   뭐, 비장애인 가족도 부모님이 '핸드폰 뺏을 거야!'
> 라고 하는데. 죄책감까지는 필요 없을 듯! ㅋㅋ

한나는 초등학생 때까지 풍선을 정말 무서워했다. 중학교
에 올라가니, 그것보다는 조금 덜 무서워했다. 고등학생 때는
풍선이 보이면 귀를 막고 그 앞을 지나갈 수 있을 정도가 됐

다. 지금은 풍선이 보이면 긴장을 한다. 그러나 두려워하지는 않는 것 같다. 한나는 나름대로 풍선에 대한 두려움을 극복하기 위해 여러 가지 의도된(?) 간접 경험을 해온 듯하다. (순전히 나의 뇌피셜이지만!)

예를 들어, 어마어마한 양의 풍선을 터뜨리는 영상을 한동안 집중해서 본다거나, 풍선이 나오는 영상을 자주 찾아보면서 말이다. 여러 개의 풍선이 연속적으로 터지는 상황을 간접 경험하면서 풍선이 터져도 사람이 안전하다는 것을 반복 학습하고, 동영상을 시청하면서 풍선 터지는 소리에 익숙해지는 연습을 간접적으로 한 것 같다. 그야말로 시청각 교육을 스스로, 자발적으로 한 것이다!

지금은 풍선이 아닌 검은 잠자리가 두려움의 대상이다. 검은 잠자리를 처음 본 곳이 아마 고속도로 휴게소였던 것 같다. 검은 잠자리는 풍선처럼 한나에게 긴장의 대상이 되어 고속도로 휴게소 화장실에 들어갈 때마다 온갖 이상한 행동을 하게 만든다. 그리고 이것은 사람들의 이목을 끈다. 최근에는 "공격이다!"라고 큰 소리를 치면서 화장실에 들어가 볼일을 무사히 보고 나왔다. 한 가지 고무적인 점은 두려움을 물리치려고 스스로 화이팅하는 자세가 너무 훌륭하다는 것이다. 한

나가 풍선을 극복했듯이 검은 잠자리도 극복할 것이라고 믿
는다.

최근에는 자폐를 키워드로 한 드라마 〈이상한 변호사 우영
우〉로 인해 사람들에게 '자폐'라는 말이 익숙해진 것 같다. 요
즘은 밖에 다닐 때 '자폐인가 보다' 하는 시선이 느껴진달까?

'우영우'가 나에게 그리 긍정적인 드라마는 아니지만 이 드
라마가 표면적 자폐 성향을 미미하게나마 알린 것에 대해서
는 좋게 생각한다. 하지만 호기심을 자극할 만한 자폐 성향을
내세워 시청률을 올린 건 사실이다. 사람들이 자폐인에 대한
오해를 가지고(이미 오해하고 있고) 진짜 평범한 자폐인을 대할
때 자폐인과 그 가족들이 상처를 받게 될까 봐 염려스럽다. 다
음에는 더욱 리얼한 자폐 드라마가 나오길 기대한다.

아무튼 한나가 풍선을 극복하고 검은 잠자리를 극복해 나
가는 자세가 정말 기특하고 놀라운데, 한나의 그런 모습과 행
동들이 이제 나에게도 자연스레 다가오는 것이 신기하다. 환
갑이 다 되어가는 이 나이에 겨우 한나를 여유 있게 바라보는
나를 보고 또 우울해지지만… 그래도 기쁘다.

> **사라**　'겨우'가 아니라고 생각합니다.
>
> **진성**　나는 언제든 검은 잠자리로부터 한나를 보호해 줄 수 있다!
>
> **무엘**　우영우랑 김한나는 좀 다르긴 해.

 사라

중고등학생 때, 집에서 차 타고 10분 정도 거리에 우리 가족이 자주 가던 샤브샤브집이 있었다. 그리고 그 맞은편에는 보쌈집이 있었다. 겉절이와 보쌈 조합을 너무너무 좋아했던 나는 외식을 할 때마다 샤브샤브집 건너편에 있는 보쌈집에 갈 것을 강하게 주장했다. 하지만 늘 통하지 않았다. 그 보쌈집 입구와 내부에는 한나가 그토록 무서워하는 '풍선'이 있었기 때문이다.

한나는 풍선을 무서워했다. 내가 공포 영화와 스릴러 영화를 안 보는 이유와 같을 것이라고 감히 예상해 본다. 사실 "귀신이 깜짝하고 튀어나왔어"라고 말로 듣는 건 별 상관없는데, 영상 속에서 정말 깜짝 튀어나오는 건 싫지 않은가? 깜짝 놀랄 수 있는 서프라이즈 파티는 괜찮다. 그건 내가 모르고 당하는 거니까. 하지만 최소 열 번에서 최대 무한대로 깜짝 놀랄 것을 알고 시작하는 공포·스릴러 영화는 싫다. 왜 깜짝 놀랄 걸 알면서 놀라기 위해 돈을 내고 영화를 봐야 하는지 이해가 안 된다. 한나도 같은 맥락으로 풍선을 싫어하는 것이리라. 풍선은 언젠가 터질 텐데, 그게 언제 터질지 모르는 상태로 긴장하고 있어야 하는 것이 싫은 듯하다.

내 기억으로는 아마, 보쌈집 입구에 있는 풍선은 개업 기념 풍선이었고 내부에 있는 풍선은 어린이 놀이방 근처에 있는 풍선이었던 것 같다. 난 그 풍선들이 너무나도 원망스러웠다. 그리고 고작 풍선 때문에 내가 먹고 싶은 것을 못 먹게 만드는 한나도 원망스러웠다. 유치하게도.

그러던 어느 날, 나의 열일곱 번째 생일에 부모님이 큰마음을 먹고 "오늘은 보쌈 먹으러 가자"라는 말씀을 하셨다. 아싸-하는 마음도 잠시, 난 한나를 쳐다보았다. 다른 집처럼 우리 집은 부모님의 허락이 떨어진다고 만사 오케이인 집이 아니었기 때문이었다. 우리 집은 '한나의 허락'이 필요했다. 정확히는 '한나가 받아들일 수 있는가'라고 할 수 있겠다.

나는 스르륵 눈알을 굴려 한나의 눈치를 보았다. 한나는 아무 생각이 없어 보였다. 하지만 과연, 한나가 보쌈집 앞에 도착해도 저렇게 해맑은 표정을 짓고 있을까? 그래도 내 생일이니까… 안 들어가겠다고 떼를 쓰는 김한나를 부모님이 호되게 혼내주지 않을까?

보쌈집과 샤브샤브집의 사이에 있는 길로 차가 들어선 순간, 한나와 나는 둘 다 동시에 긴장 상태에 돌입했다. 차가 좌회전을 할지, 우회전을 할지가 관건이었다. 그리고 차가 보쌈집으로 머리를 튼 순간, 한나의 발악이 시작되었다. 그리고 결국 부모님은 나에게 샤브샤브집에 가도 되겠냐고 물었다.

장애인이 있는 가정, 특히 자폐인이 있는 가정이 아니라면 이 상황을 잘 이해하지 못할 수도 있다. 그냥 '똑 부러지게 말해주거나 혼내면 되는 거 아닌가?'라고 생각할 수도 있다. 부모님이 한나를 너무 오냐오냐 대하는 게 아니냐는 생각을 할 수도 있다. '장애인 자녀 양육에 대한 부담을 너무 비장애인 자녀에게 떠넘기는 격이 아닌가?'라는 생각을 할 수도 있겠다.

그런데 생각해 보자. 그게 통했으면 한나가 국가에서 공식적으로 인정하는 '자폐 장애인'이라는 칭호(?)를 받았을까? 비장애인 자녀를 키울 때도 어쩔 수 없는 어려운 부분들이 많이 생긴다. 인터넷에는 '상황과 계절에 맞지 않는 옷을 자녀에게 입히는 부모를 욕했던 과거의 나를 반성한다. 우리 딸이 할머니 생신 잔치에 래시가드를 입고 가겠다는 걸 난 말리지 못했다'라는 이야기와 비슷한 썰들이 우후죽순 쏟아진다. 장애인이든 비장애인이든 자식 키우는 건 힘들다. 정확한 답도 없고 해법도 없다. 그저 서로가 서로에게 맞춰가며 살아가는 것이다. 하지만 자폐인은 그게 더 힘들다. 남에게 맞추는 건 사회성의 영역이다. 부모님은 물론이고 나 역시도 이대로 보쌈집에 들어가면 이후 펼쳐질 일들이 뻔히 예상됐다. 한나가 식당에서 다른 손님들을 불편하게 할 문제부터 시작해 사람들에게 받을 따갑고 차가운 시선들, 한나가 느낄 공포감과 그에 대한 걱정, 집에 돌아가서 어떤 돌발 행동을 할지까지….

그렇다고 사라의 보쌈팀 vs 한나의 샤브샤브팀으로 나누어 외식을 할 수도 없는 노릇이었다. 그때 막내 사무엘은 겨우 여섯 살이었고 위로는 자폐를 가진 누나가 있었다. 부모님이 대체 누굴 데리고 어떤 외식을 한단 말인가? 부모님이 힘을 합쳐 한나와 무엘이를 돌보는 것도 모자라 그나마 머리가 큰 맏딸에게 도움을 요청해야 했던 그 시기에, 가족이 떨어져 외식을 하는 건 어불성설이었다. 게다가 내 생일인데, 가족들이 뿔뿔이 찢어져 외식을 할 바에는 집에 가서 엄마가 끓여주는 김치찌개를 먹는 게 낫겠다는 생각이었다.

억울했다. 내 생일인데! 내 생일인데! 그래서 한나에게 소리를 질렀다.

"니 생일이야? 어? 니 생일이야? 내 생일이라고! 내 생일이라고!"

언니가 갑자기 울분을 토하며 소리치니 한나는 꽤나 당황한 눈치였다.

"너는 11월 6일에 샤브샤브 먹으라고! 니 생일에 샤브샤브 먹으라고! 오늘은 내 생일이니까 보쌈 먹을 거야!"

한나는 뭔가 생각하는 표정이었다.

"내 생일이니까 보쌈 좀 먹자! 아까 엄마가 보쌈 먹으러 간다고 미리 말도 했잖아! 왜 이제 와서 난린데!"

〈쇼미더머니〉에 출연했으면 앵그리 랩으로 박수갈채를 받으며 목걸이가 목에 걸렸을지도 모른다. 그리고 어이없게도 김한나는 나의 진심을 조금 느꼈는지, 쌍꺼풀 진한 그 동그란 눈으로 나를 멀뚱멀뚱 보더니 보쌈집에 가는 것을 허락해 주었다.

한나는 보쌈집에서 결국 보쌈을 먹진 않았다. 대신 어린이용 돈까스 세트를 시켜 먹었다. 너무너무 맛있게 먹길래 내 눈앞에 있는 보쌈과 겉절이 조합보다 그 돈까스에 더 눈이 갔다. '자폐한나씨' 유튜브의 구독자들은 알 것이다. 한나가 얼마나 야무지게 식사를 하는지. 그래서 돈까스를 한 조각 달라고 했다가 "안 돼!"라는 호통을 들었다. 웃음이 나왔다.

우린 풍선이 놓여 있는 놀이방과 가장 멀리 떨어진 곳에 앉았다. 하지만 김한나는 들어오면서도 앉아 있으면서도 나갈 때도 호들갑을 엄청나게 떨어 사람들의 이목을 집중시켰다. 다들 이상하게 쳐다보며 수군거리고 웅성거렸다. 그때는 지금보다 장애인을 향한 시선이 더 야박했을 때였다. 특히 주인 아주머니는 자신의 식당에 불청객이 찾아온 것마냥 한나를 힐끔힐끔 쳐다보았다. 생일이랍시고 기어코 동생이 이런 시선을 받게 한 나 자신이 민망하고 한심했다.

한나는 이제 풍선을 좀 덜 무서워한다. 대신 물잠자리(검은 잠자리)를 무서워하지만 식당에 검은 잠자리가 나올 리는 없으니까, 이제 식당에 가서 이렇게 일이 터질 상황은 없을 것이라 긍정적으로 생각해 보기로 한다.

그때 고마웠고 미안했다, 한나야.

소영　사라의 글을 읽고 나니 생각이 난다. 맞다, 그때 서울에 살 때 우리 동네에 그런 식당들이 있었다. 기사 식당도 많고 맛집도 많았던 그 동네. 그리고 사라, 한나, 무엘이 다니던 태권도 학원이 있고 우리 가족에게 친절한 장로님이 살던 그 동네. 그 동네에서 가끔 외식을 했다. 한창 사춘기를 겪고 있던 사라와 한창 자폐 사춘기였던 한나가 외식 메뉴로 우리 부부에게 반항을 하는 모습이 눈에 선하다. 분명 그것은 자매의 기싸움이 아닌, 엄마 아빠를 향한 "한나야, 나야?"였다. 초록색 EF 쏘나타를 타고, 엇갈린 외식 메뉴 때문에 사라와 한나가 뒷자리에서 난리법석을 떨던 때가 기억난다. 사라와 한나는 자주 완전히 반대된 의견(외식 메뉴나 나들이 장소 선정 등)을 냈다. 그래서 나는 내가 이렇게 우유부단한 사람이었나, 하는 생각이 들 정도였고 어떻게 해야 할지 몰라서 정말 울고 싶었다.

사라 몰랐군. 나는 그저 어떤 것이 공평할지 고뇌하는
엄마의 표정인 줄.

소영 거기에 더해 지금 기억나는 건 그 동네가 공사 중
이라 길도 막혀서 산만하고 먼지가 자욱했던 것,
그리고 샤브샤브인지 보쌈인지 빨리 결정하라며
갓길 주차를 할 수 없어 동네를 뱅글뱅글 돌았던
남편이다. 사라가 하자는 대로 정말 해주고 싶었
다. 하지만 늘 그렇게 하지 못했다. 한나는 편식이
정말 심했고 원하는 곳이 아니면 먹지 않거나 식
당에서 도전 행동⚡을 했다. 집에 와서 뒤집어지는
한나 때문에 어쩔 수 없었다. 사라도 이 사실을 인
지하고 있었으며(겨우 십 대였던 사라가 이 사실을 인지
하고 있었다!) 언제나 결국에는 한나가 원하는 방향
으로 갔다.

사라 그랬나? 난 내가 꽤 승리한 줄 알았네ㅋㅋㅋㅋ

⚡ 행동을 하는 사람이나 타인의 신체적 안전을 심각하게 해할 가능성이 있
는 강도, 빈도, 기간의 행동. 또는 지역 사회 시설을 이용하는 데 심각한 제
약을 주거나 접근을 불가능하게 하는 행동(Emerson et al., 1988). 한나씨의 경우,
스스로를 때리거나 소리 지르기, 책상 치기, 발 구르기 등의 행동을 한다.

> **소영** 아, 그래서 이날은 보쌈집에 갔었구나. 다행히 돈까스가 있었네. 정말 디행이다. 사라가 먹고 싶은 보쌈을 먹었구나. 돈까스를 먹고 있는 동생을 쳐다보며 보쌈을 먹었구나.
>
> **사라** 약간(?) 눈물 나네요.
>
> **진성** 할 말이 많아지네…. 이건 안 겪어본 사람은 모른다….

진성

한나는 언제부터 풍선을 무서워하게 되었을까. 그건 알 수 없다. 어느 날부터 한나는 풍선을 무서워하고 있었다. 그것도 아주 많이. 풍선만 보면 크게 소리를 질렀고, 눈에 보이는 대로 풍선을 없애려고 했다. 무서워한다기보다는 싫어한다고 보는 게 맞을지도 모른다는 생각이 들었다. 우리는 풍선을 강화제로 사용하려 했던 적이 있었다. 문제 행동을 하면 풍선을 보여주고 말을 듣지 않으면 풍선을 불겠다고 했더니 조금 자제가 되었기 때문이다.

그래서 풍선을 다량 구매했다. 일반 원형 풍선과 막대형 풍선을. (가능하면 막대형 풍선은 강아지나 머리에 쓰는 모자 모양으로 만들어서 풍선에 면역이 생기도록 할 마음도 있었다.) 어느 날 집에 돌아왔는데, 풍선이 전부 사라지고 없었다. 알고 보니… 한나가 풍선을 모두 없애버린 것이었다. 자기가 불어서 터뜨리기도 하고, 가위로 잘라내기도 하고, 쓰레기통에 버리기도 하면서. 한나는 그렇게 최선을 다해 풍선들을 처리했다.

우리는 더 이상 풍선을 사지 않았다. 대신 길을 가다가 풍선이 보이면 피해서 돌아갔고, 풍선을 사용하는 행사가 있으면 피해 다녔다. (심지어 돌잔치도!) 그것이 한나를 위해 그 순간 내가 할 수 있는 최선이었다. 요즘은 한나가 풍선을 무서워하는지 아닌지는 잘 모르겠다. 다 큰 어른이 된 한나가 풍선이 있는 곳에 가는 경우가 그리 많지 않기 때문이다.

아마 한나는 여전히 풍선을 무서워할 것이다. 그래도 괜찮다. 한나는 계속 풍선을 무서워해도 된다. 앞으로도 계속 풍선이 있으면 피해 가고, 막아줄 테니까. 이제 한나에게 풍선은 별문제가 되지 않는다. 나뿐만 아니라 우리 가족 모두가 한나를 풍선으로부터 지켜줄 것이기 때문이다. 우리는 특공대다! 한나를 지키는 자폐특공대!

사라	아빠 그래서 풍선으로 강아지 만들 수 있어?
무엘	노력이 가상하시네요.
소영	너무 훈훈하기만 하다, 글이^^(노잼이라는 뜻)
사라	급 디스ㅋㅋㅋㅋㅋ

 무엘

한나 누나와 풍선에 대해 고찰해 본 결과다.

1. 한나 누나는 풍선을 무서워한다

본인 생일파티에는 풍선이 절대 허용되지 않는다. 남의 돌잔치나 결혼식에 갔는데 풍선이 보인다면, 아무도 터뜨리지 않을 걸 알면서도 귀부터 틀어막는다. 조금 기분이 안 좋은 경우, "풍선 빨리 치워주세요. 지금 당장 빨리!"라고 한다. 본인이 정리 가능한 선에서 풍선이 존재한다면? 직접 터뜨려 버린다. 풍선과 비슷한 예로는, 케이크를 살 때 박스 옆에 달려 있는 작은 폭죽이 있다. 한나 누나는 그걸 빨리, 직접 터뜨려서 위험 요소를 제거하려 한다.

2. 본인이 무서워하면 남들에게도 흉기라고 생각하는 듯하다

한나 누나는 아이가 우는 소리를 싫어하는 건지, 좋아하는 건지 모르겠다. 내가 우는 걸 볼 땐 이상한 썩소 같은 걸 짓더니, 공공장소에서 아기가 우는 소리를 들으면 별로 좋아하지 않는 듯한 반응을 보인다.

한나 누나: "아기 왜 울어?"
엄마: "아기는 원래 울어. 한나도 아기 때 울었지?"

가끔 돌발 행동(주로 기분이 안 좋을 때 함)으로 우는 아기한테 뛰어가서 "까꿍" 하고 아기를 달래주려고 한다. 그렇다면 사실상 아기 울음이 듣기 싫어서 그 소리를 멈추게 하려고 하는 게 맞다는 생각이 든다.

그런데 이 '아기 울음소리 멈춤'을 위해 풍선이 언급됐던 시기가 있다. 아이 우는 소리가 들리면 "아기 울어서~ 풍선 빵 터뜨려야지?"라는 나름 위험한 발언을 한다. 그러면 우리 가족은 한나 누나한테 "그거 아동 학대야"라고 해준다. 근데 여기서 한나 누나의 반응이 매우 이상하고 웃기다. 한나 누나는 깔깔 웃는다.

우리 가족이 아직도 감을 못 잡은 웃음 포인트다. 왜 이 지점에서 배꼽을 잡으며 넘어가는 걸까?

> **사라** 네가 울면 한나가 낄낄거리는 거랑 비슷할 듯. 귀여워서? 한나는 감정 표현을 글로 배우는 스타일이니까, 스스로 여러 감정을 여러 상황에 맞춰가면서 배우는 중인 것 같음.

이걸 읽고 오해는 금물이다. 한나 누나는 아기가 귀여운 걸 못 참는 것뿐이다. 절대 남에게 해를 가하지 않는 스윗 자폐한 나씨다.

3. 물풍선만큼은 목적에 충실했다

한나 누나는 가끔 마트에서 갑자기 풍선을 사달라고 한다.

그 풍선 중에 물풍선도 있었다. 물풍선은 정말 본인이 갖고 놀기 위해 사달라는 것이었다. 싱크대 수도꼭지에 물풍선을 꽂고 물을 채워서 장난감처럼 갖고 논 적이 있었는데, 터지면 방바닥이 물벼락을 맞을 게 뻔해서 엄마가 제지했다.

<table>
<tr><td>사라</td><td>물풍선은 터져도 큰 소리가 덜 나서 그랬을까나? ㅋㅋㅋ</td></tr>
<tr><td>진성</td><td>풍선 때문에 고생 많이 했다, 우리. 입학식도 못 들어가고.</td></tr>
<tr><td>소영</td><td>원래 자폐인은 감정 표현이 어려워. 중간이 없어 ㅋㅋㅋ</td></tr>
</table>

Mission 2.

사고와 실종

진성

한나가 여섯 살 때의 일이다. 우여곡절 끝에 어린이집에 다니기 시작한 시기다. 교회에서 가깝지만 그래도 차로 7~8분 정도를 가야 하는 거리였다. 한나를 다른 아이처럼 혼자 유치원 버스에 태워 보낼 수 없었던 우리 부부는 결국 한나를 자가용으로 등원시켜야만 했다. 당연히 이것은 내 몫이었다.

출근 전에 일찌감치 한나를 태우고 '호동어린이집'에 다녀오는 일이 일상이 되었던 어느 장마 기간, 생각보다 아침부터 빗줄기가 굵었던 그날. 출근하는 차들은 모두 마음이 분주해 보였고, 나도 그중에 하나였다. 그 시절에는 운전하다 신호 대기를 하면 습관처럼 뒤를 돌아보았다. 한나는 겨우 여섯 살이었고 뒷좌석 안전벨트 규정도 없을 때였다. 뒤를 돌아보면, 한나는 늘 혼자 옆으로 돌아누워 있었다. 물론 한나는 나와 눈을 마주치지 않았다.

집에서 나와 차를 타고 달린 지 3분쯤 지났을 때, 빗줄기가 더 거세지기 시작했다. 좌회전을 하고 신호 대기를 위해 정지선 앞에 천천히 차를 세우는데 갑자기 '쾅!' 소리가 나며 엄청난 충격이 전해져 왔다. 나는 본능적으로 뒤돌아보았다. 그런데 한나가 아무 일도 없는 것처럼 그냥 그대로 누워 있는 게 아닌가. 사실 아무 일도 없는 것처럼 보일 뿐, 한나는 매우 놀란 상태였다. 표현할 줄 모르니 그냥 그렇게 있었을 뿐이다.

우선은 한나가 다치지 않은 것을 확인했다. 너무 감사한 일이었다. 만약 벨트도 하지 않은 채로 앉아 있었다면 튕겨 나갔을 수도 있고, 목을 크게 다칠 수도 있는 상황이었다. 하지만 한나는 가만히 누워 있다 보니 그렇게 강한 충격에도 의자가 쿠션 역할을 해서 다치지 않았던 것이다.

안도하며 차에서 내려 차 상태를 확인하는데… 차는 엉망이 되어 있었다. 정확히 말하면 트렁크가 없어졌다. 뒤에 서 있는 차를 보니 금세 수긍이 되었다. 단단하기로 소문난 무쏘가 나의 작은 EF 쏘나타를 들이받은 것이다. 좌회전 후 빗길을 미친 듯이 달리다가 속도를 줄이지 못해 그대로 들이받은 것으로 보였다. 그걸 보고 또 가슴이 철렁 내려앉아 다시 한번 차 안에 있는 한나를 살펴보았다. 한나는 놀랍도록 멀쩡했다. 무쏘 차주는 거듭 사과했고 보험 처리를 하기로 했다.

그 차를 끌고 어린이집에 가면서 생각에 잠겼다. '다른 아이들도 한나처럼 가만히 있었을까. 소리내어 울지 않았을까. 혹시 한나가 아픈데 말을 못 하니 저러고 있는 것은 아닐까.'

예전엔 시속 30킬로미터만 넘어가도 미친 듯이 소리를 지르며 울던 한나가 이제는 차 안에서 편하게 드러누울 수 있게 되어 조금 안심했던 나 자신이 떠올랐다. 이번엔 저렇게 큰 충격에도 전혀 표현을 하지 않는 한나를 바라보아야 했다.

사라	기억남. 초딩 때, 아빠가 어떤 사고가 났었는지 집에서 상세하게 이야기를 풀어내는 모습이ㅋㅋ
소영	한나는 다치지 않았을 것이라고 예상했다. 그날따라 내 마음이 편안했기 때문에(?)ㅋㅋㅋ
무엘	전방 주시 태만이 이렇게 위험합니다, 여러분.
사라	옳소. 빗길엔 속도를 줄입시다.

 **소영**

　한나가 다섯 살 때쯤이었던 것 같다. 우리 가족이 모두 영덕 바닷가에 놀러 간 적이 있었다. 시부모님과 시동생도 있었고, 지금은 돌아가신 시할머니, 시할아버지도 함께였다.

　초여름의 날씨였다. 화창하고 맑은 그런 날씨. 딱 놀러 가기 좋은 날씨. 그래도 난 잔뜩 긴장하고 있었다. 한나를 계속 지켜보면서 보호해야 했기 때문이었다. 그래도 우린 바닷가에 대충 텐트를 쳐놓고 오랜만에 즐거운 시간을 보냈다. 낚시를 좋아하는 남자들은 낚시를 하고 여자들은 텐트에서 미리 챙겨 온 과일과 간식을 나눠 먹었다. 사라는 이쪽(할머니들)과 저쪽(할아버지들과 아빠, 삼촌)을 오가며 사랑을 듬뿍 받았다. 그리고 답례(?)로 오만 재롱을 부리며 가족들을 즐겁게 했다.

　남자들이 물고기를 잡았다. 시할머니가 물고기를 즉석에서 회로 만들었다. 우리는 잠시 할머니의 솜씨를 감상하고 있었다. 내가 한눈을 판 것이다. 모두가 한눈을 판 것이다.

　"한나는!!!!"

　나의 목소리에 우리 가족은 정말 한 명도 빠짐없이 일제히 바다를 쳐다보았다. 바다는 너무 아름다웠다.

혼자 '정말 엄청나게 조용하고 넓고 무서워…'라는 생각을 0.00001초 동안 하고 머리가 띵- 해졌다. 바로 다시 '아니야'라고 생각하며 바다 반대쪽을 바라보았다. 너무나 작은 한나가 텐트 옆에서 모래를 만지며 놀고 있었다.

순간 너무 어지러웠다. 몸이 약한 사람이라면 이 순간에 기절했겠지. 세상에 그렇게 짧은 시간 동안 참 여러 가지 생각이 들다니. 생애 처음이었다.

가족들은 모두 "한나가 바다에 갈 리가 없지. 얼마나 조심성이 많은 앤데!" 하며 안도했다. 요즘도 우리는 "한나는!!"을 외친다. "한나는!!"은 우리에겐 일상 단어다.

또 한 번 한나가 없어졌던 적이 있었다. 한나가 초등학교 2학년이었던 겨울 방학에 있었던 일이다.

겨울 이불을 〈어린 왕자〉에 나오는 '뱀이 먹이를 금방 삼킨 그림' 같이 동굴처럼 만들어 놓고 그 속에서 내복을 입고 그림을 그리거나 책을 보면서 놀던 한나. 부엌에 있던 나는 한나를 계속 확인하며 집안일을 하고 있었다. 그러다… 또 한 번 방에 한나가 잘 있는지 확인하러 들어갔는데… 어! 한나가 없다! (나는 이럴 때 순간적으로 너무 담담해져서 내 자신이 대견하다.)

"여보 한나가 없어!!"라고 외치며 신발을 신고 현관문을 나

섰다. (남편은 아마도 이불을 다시 확인하고 교회 쪽으로 올라갔던 것 같다. 너무 오래된 일이라 기억이 잘 안 나지만.)

나는 정말 이상하게도 자연스럽게 비디오 대여점으로 가고 있었다. 그 가게에 들어가 보니 한나가 내복 바람으로 노란 비디오(어린이 비디오) 몇 개를 두 손으로 받쳐 들고서 동그랗고 행복한 눈으로 나를 쳐다보고 있었다. 주인 아저씨는 대충 말이 통하지 않는 귀여운 아이라고 생각했는지 그냥 놔둔 모양이었다.

나는 "한나야, 뭐 해?"라며 한마디 하고 몸이 너무 추울 것 같아서 얼른 비디오를 빌려 한나 손을 잡고 집으로 향했다. (대여비는 아저씨가 흔쾌히 말씀한 대로 나중에 드렸다.) 우리는 "한나, 너 혼자 나가면 안 돼"라고 주의를 줬다. 놀라운 사실은, 한편으로는 너무 놀라기도 했지만 한편으로는 한나가 너무 기특했다는 것이다. 멀리 안 가고 자기가 보고 싶은 비디오 가게에 간 것이 말이다. (하지만 위험하니까 안 돼.)

사라　　나 기억남. 한나가 진짜 소리 1도 안 내고 사라짐. 닌자처럼.

비슷한 시기에 또 한 번 한나가 없어졌을 때, 나는 자연스럽게 동네 슈퍼로 향하고 있었다.

사라　이것이… 엄마의 촉?

그리고 저 앞에 나를 향해 행복한 미소를 지으며 맨발과 내복 차림으로 걸어오는 한나를 발견했다. 두 손 가득 과자를 든 채로 한나가 나에게 걸어오고 있었다. 나는 또 한나가 대견하다고 생각했다. 한나가 집으로 돌아오는 길을 잘 알고 있었으니까. (그래도 위험하니까 안 돼.) 슈퍼 아주머니는 한나를 대략 알고 있었기 때문에 나의 설명과 사과에 괜찮다고 답했다. 감사합니다, 아주머니~ 그 이후로 한나가 말도 없이 나가는 일은 없었다.

진성　그때 생각하면 끔찍하다….
무엘　엄마는 진짜 초능력자가 맞다.

 사라

난 초등학교 5학년 때 처음으로 핸드폰이 생겼다. 요즘은 애들이 모두 스마트폰을 가지고 다니지만, 내가 초등학생일 때만 해도 반에서 핸드폰을 가지고 있는 학생은 다섯 손가락 안에 꼽을 정도인 시절이었다. 내가 가지고 있는 핸드폰 기종은 삼성에서 출시한 회색 폴더폰이었는데, 가난한 우리 집에서 장녀에게 핸드폰을 사준 이유는 장녀이기 때문은 아니었다. 한나와 같은 초등학교를 다니고 있는 내가 엄마에게 비상시에 빠른 연락을 할 수 있도록 하기 위함이었다.

그리고 거금을 들여 산 이 폰이 제 역할을 할 날이 왔다. '비상시'가 터졌기 때문이다. 한나가 하교 시간에 학교에서 사라진 것이었다. 원래라면 나와 손을 잡고 아빠를 만나 차를 타고서 집으로 돌아가야 했다. 하지만 한나는 학교 그 어디에도 없었다. 여름 방학이 시작되기 직전의 아주 더운 날씨였던 그날, 난 땀을 뻘뻘 흘리며 한나를 찾기 위해 뛰어다녔다. 게다가 그곳은 대구였고, 난 더위를 많이 타는 체질이라 한여름 더위를 먹어 쓰러질 뻔한 적이 여러 번 있었다. 그래도 뛰어야 했다.

반에서 폰을 가지고 있는 몇 안 되는 친구들에게 전화를 돌렸다. "한나 못 봤나? 내 동생." (대구 사투리를 진하게 쓰던 대구 소녀 시절이었다.) 항상 한나에 관한 이야기를 스스럼없이 동네방내 이야기하고 다닌 탓에, 학교 아이들은 대부분 한나에 대해 잘 알고 있었다. 몇몇 아이들은 만약 보게 되면 알려주겠다는 친절한 답변도 해주었다. 하지만… 한나는 어디에도 없었고, 아무에게도 다시 연락이 오지 않았다. 나는 절망하며 학교 근처 이곳저곳을 열심히 뛰어다녔고, 아버지는 차로 큰 도로 쪽을 수색하기 시작했다. 엄마에게는 안타깝게도 계속해서 한나를 못 찾았다는 연락을 해야 했다. 머리가 멍해지고 숨은 턱 끝까지 차올랐다. 그리고… 부모님이 사주신 삼성 회색 폴더폰으로 전화가 왔다.

"한나 집에 왔다."

"아, 씨."

만약 내가 저 때 초딩이 아니라 중고딩쯤 됐다면 훨씬 더 심한 욕설을 뱉었으리라.

알고 보니 한나는 혼자 집으로 터벅터벅 걸어갔다고 한다. 학교에서 집까지는 걸어서 20분 정도 걸리는 멀지도 가깝지도 않은 거리였다. 가는 길은 골목도 있고 큰 도로도 있고 좁은 횡단보도도 있는… 아주 다양한 형태의 길이었다. 그러니까, 난이도 '상'이랄까. 초록불, 빨간불로 바뀌는 신호도 잘 봐야 하고 좁은 골목에서 차나 오토바이가 등장하는지도 잘 살펴야 했다. 걸어가면서 한나가 가만히 있지는 않았을 테니, 혼잣말을 하며 중얼중얼거릴 때 사람들이 이상하게 쳐다보는 시선들도 혼자 견뎌야 했으리라.

그다음은 기억이 잘 나지 않는다. 아빠와 합류해서 집으로 갔는지, 아니면 터덜터덜 혼자 짜증을 내며 걸어갔는지. 짜증도 더위를 향한 짜증인지, 한나를 향한 짜증인지 구분이 안 갔을 테지만. 집에 도착하고 나서는 기억이 난다. 한나에게 고래고래 소리를 지르며 혼자 집에 가면 안 된다고 꽥꽥거렸던 열한 살의 내 모습이. 근데 또 한나의 반응은 잘 기억이 나지 않는다. 아마 별 반응 없었을 것이다. 한나는 그때까지만 해도 내 행동이나 말에 반응을 잘 하지 않았으니까.

한나를 잃어버렸던 기억은 정말이지 너무나도 강하게 뇌리에 박혀 있다. 그 큰 학교에서 한나를 지킬 수 있는 건 엄마도 아빠도 아니었다. 엄마는 집에 있고 아빠는 교회에 있으니까, 학교에서의 생활은 전적으로 내 담당이라 생각했다. 물론 한나가 저학년 때는 엄마가 한나와 학교를 같이 다녔는데, 이후에 한나의 일거수일투족을 감시하며 회색 폴더폰으로 보고하는 건 내 몫이었고 난 그걸 자처해서 했다. 다행히도 그때 나의 가장 친한 친구였던 운동부 최지수(가명)와 그녀의 남동생 최명훈(가명)이 아주 큰 도움을 줬다. 명훈이는 한나와 같은 학년이었고, 지수는 나와 같은 학년이었기 때문이다. 명훈이는 한나에게 무슨 일이 생기면 쏜살같이 고학년 건물로 달려와(명훈이 역시 지수처럼 운동 신경이 뛰어난 아이였다) 보고해 줬고, 부들부들 떨고 있는 나를 뒤로하고 지수가 마치 자신의 일처럼 나서서 저학년 건물로 달려갔으니 말이다.

부모님과 동떨어진 '학교'라는 공간에서 한나를 지켜야 하는 '단 한 명의 가족'이라는 롤을 수행하지 못한 이후, 한나의 팔에 피가 안 통할 정도로 팔짱을 꽉 끼고 다니는 버릇이 생겼다. 그래서인지 한나는 지금도 나와 손을 잡거나 팔짱을 끼는 것을 싫어한다. 뭐, 어쩌겠어. 한나야, 이건 다 네 탓이다.

소영   고생했네, 사라.

진성   한나를 몇 번이나 잃어버렸지, 우리가. 그래서 맨날 긴장 상태에 있었지.

무엘   지수와 명훈 남매에게 고맙습니다.

보통 장애인 가정은 이런 분위기일 것이라
생각하는 경우가 대부분인데 (물론 이럴 때도 있음)
우리 한나…ㅠ.ㅠ
우리 한나…
우리 한나ㅠㅠ
애-잔

우리 집은 대체로 밝은 분위기다
한나야!
언니랑 슈퍼 가자
아이스크림 사드림
누나!
나랑 게임하자
제발
귀에서 피남

※ 정보

우리 가족은 모두
MBTI 유형이 N이다

자폐증의 가장 큰 특징은 사회성이 부족해서
다른 사람과의 커뮤니케이션을 어려워하는 것입니다
ㅋㅋ
ㅋㅋㅋ
한나의 사회성 발달을 위해
서로 놀리기도 하고 장난도 많이 칩니다
효과 있음

보통 자매들의 관계
애증
얄밉
앙숙

한나와 나의 관계
애증
사랑
심음
애정

한나와 나의 관계_수정_최종
무관심
사랑
애정

그래서 한나가 날 먼저 찾아주면
기분이 엄청 좋다
언니야-
'오이냉국'이야!
응?

초감동
에엑?!
한나야!!
언니 주려고
만든 거야?!!
세상에나
이럴 수가
응!

고마워!!
잘 먹을게!!
크흡...
무
관
심

ㅋㅋ 그냥
오이＋물＋소금이네
ㅋㅋ
ㅎㅎ
두리번
?
어디 갔지?
??

엄마, 뭐 찾아?
그 있잖아
아까 그
?
엄마 특) 대명사로 말함

그 오이…
제 입에 있는 것 같습니다

한나는 요리 프로그램이나 요리책을 열심히 봅니다
마침 그때 오이를 발견했고 마침 언니가
옆에 있어서 화를 입은 사건입니다

악당 출현!

진성

　한나가 중학교 1학년이 된 지 얼마 지나지 않았을 때의 일
이다. 학교에서 돌아온 한나의 속옷에 피가 묻어 있었다. 우측
엉덩이 뒤편에 얼룩이 있어서 살펴보았더니 엉덩이에 피 묻
은 검은 자국이 있었다. 자세히 보니 연필에 찔려서 피가 났
고, 심도 그대로 박힌 채였다. 한나가 표현을 제대로 못 한다
는 걸 알고 한나가 앉을 때 의자에 연필을 놓아서 찔리도록
만든 것으로 보였다. 이전부터 한나의 스타킹이 찢겨 있다든
가, 같은 반 학생이 머리카락을 잡아당겼다는 사실을 다른 학
생이 알려줬다든가 하는 괴롭힘 사건이 꽤 있었기에 틀림없

이 누군가 고의로 한나를 다치게 만든 것이 분명했다. 연필심이 옷을 뚫고 찌를 정도였으니….

한나가 얼마나 아팠을까. 표현도 못 하고 그렇게 있었다니…. 우리도 빨리 알아챌 수 있는 방법이 없었다. 화가 머리 끝까지 나서 학교에 찾아가 보았지만, 누가 그랬는지는 알 길이 없었다.

영악한 아이들은 한나의 침묵을 이용한 것이다. 겉보기에는 아주 친절해 보였던 아이들이었지만 그중에 매우 잔혹한 아이들이 있었을 것이고 나머지는 그 잔혹함을 묵인해 주었던 것이다. 그들은 소리 없이 한나의 약점을 이용해 최선을 다해서 한나를 괴롭혔다.

한나가 말도 못 하고 마음속으로 충격받았을 것을 생각하면 지금도 마음이 아프다. 평소에는 말을 하지 않아도, 이럴 때는 아프다고 소리 질러주면 좋을 텐데. 누가 괴롭혔고 누가 뭘 했는지 말해줬으면 좋았을 텐데.

> **무엘**　미친놈들 아냐…. 죽고 싶나.

 **사라**

한나는 초등학교를 1년 늦게 들어갔다. 따라서 한나보다 한 살 동생인 명훈이(내 친구 지수의 동생)와 같은 학년으로 학교에 다니게 되었다. 지수와 명훈이는 늘 나의 동생 한나를 지켜주었다.

내가 초등학교 6학년일 때, 한나와 명훈이는 초등학교 3학년이었다. 5, 6학년이 되기 전에는 한나가 있는 층으로 쉬는 시간마다 찾아가 괴롭히는 아이가 없는지, 별다른 일은 없는지 살필 수 있었는데 고학년이 되자 건물을 옮겨서 한나를 찾아가는 게 쉽지 않았다. 이때 명훈이가 정말 많은 도움을 줬다.

지수는 운동부였고 동생인 명훈이 역시 비슷한 유전자를 가져서 그런지 아주 재빠른 달리기 실력을 지니고 있었다. 명훈이는 한나에게 무슨 일이 생기면 곧장 달려오겠다고 했고 난 그 말에 안심하며 학교생활을 할 수 있었다. 지수는 학교에서 욕을 잘하기로 소문이 자자했다. 물론 싸움 실력은 말할 것도 없었다. 그래서 한나에게 무슨 일이 생기면 명훈이가 쏜살같이 달려와 우리에게 전해주고, 내가 출발하기도 전에 지수가 먼저 저학년 건물로 듣도 보도 못한 욕설을 내뱉으며 뛰어가는 일이 종종 있었다.

그날도 비슷했다. 명훈이가 숨을 헉헉거리며 재빠르게 고학년 건물로 뛰어왔고, 나는 한나에게 무슨 일이 생겼다는 생각에 잔뜩 긴장했다. 지수 역시 우뚝 서서 동생의 말을 차근차근 들었다.

사건의 개요는 이러했다. 한나는 종종 복도를 질주하곤 했는데(요즘도 가끔 드넓은 공터가 있으면 질주할 때가 있다), 전속력으로 달리는 한나에게 누군가 발을 걸어 쿠당탕하고 세게 넘어졌다는 것이다. ‘당연히 학교에서 뛰어다니면 안 되지!’라고 생각하는 사람이 있다면, 다시 한번 잘 생각해 보자. 초등학교에서 안 뛰어다니는 초등학생이 있는지…. 초등학교 복도는 달리기 트랙이자, 스케이트장, 싸움의 장이 아니던가. 한나도 다른 아이들처럼 달렸을 뿐이다. 다만 한나는 혼잣말을 하고 시선을 허공에 두며 달렸을 테지만. 이게 누군가에게 거슬린 모양이었다. 전속력으로 질주하는 한나의 발을 걸었다니….

지수는 바로 쌍욕을 내뱉으며 앞장서서 뛰어갔다. 나 역시도 얼굴이 시뻘게진 상태로 지수를 따라갔다. 명훈이 역시 진지한 표정을 하고 누나 둘을 따랐다.

"한나 다리 건 X발새끼 니온나!" 지수가 우렁차게 소리쳤다. 그녀의 등장은 저학년 건물에선 공포 그 자체였다. 원래 초등학생 땐 교장 선생님보다 6학년 선배가 더 무섭지 않던가. 게다가 그 소리의 주인공이 겨루기 대회 금메달리스트자 태권도 선수를 준비하는 운동부 학생이라면…? 주변이 순식간에 조용해졌다. 그리고 명훈이가 손을 들어 범인을 지목했다.

"저 새끼다, 누나야!"

지수는 폭력을 행사하진 않았다. 그저 천천히 다가가 그를 구석으로 몰아붙였을 뿐이다. 아, 폭력을 행사하긴 했다. 언어폭력. 나는 듣도 보도 못한 욕을 지수가 5분 동안 유창하게 내뱉으며 그 녀석의 귀에 체감상 피가 흐르게 하는 모습을 구경하고 있었다. 속이 뻥 뚫리는 느낌이었다. 매체에서 자주 하는 말로 '사이다'라고 표현할 수 있겠다. 사이다뿐일까. 콜라, 환타, 데미소다, 밀키스… 뭐 탄산이라는 탄산은 다 갖다 붙일 수 있을 것이다. 그 녀석은 오줌을 지리고 있었을지도 모른다.

그래도 한나의 무릎에는 오래 남을 멍이 크게 들었다. 마음이 아팠다. 차라리 지수와 명훈이, 그리고 내가 나서지 않아도 되는 상황이었으면, 차라리 한나가 "너 왜 발 걸어!"라며 그 녀석과 싸울 수 있는 상황이었다면, 아니면… 한나에게 발을 걸지 못하는 상황이었다면…. 하지만 그럴 순 없는 일이었다. 한나는 자폐고, 항상 약자를 괴롭히는 비겁한 인간들에게 노출되어 있으니까.

지금 돌이켜 보면 한나가 자폐라서 당했다기보단 정말 비겁한 인간들에게 재수 없게 걸렸단 생각이 들기도 한다. 자폐가 아니더라도 어디에나 괴롭히는 사람이 있고 괴롭힘당하는 사람이 있다. 이건 불변의 법칙이다. 그리고 어디에나 괴롭히는 사람을 저지하고 괴롭힘당하는 사람을 돕는 정의로운 사람이 있다. 우리는 선택해야 한다. 괴롭힘당하는 사람이 아니라는 전제하에, 두 부류 중 어떤 사람이 될지 생각해 보자는 뜻이다. 괴롭히는 사람이 될지, 괴롭힘을 막는 사람이 될지.

지수와 명훈이는 어떻게 보면 가족을 제외하고 내가 처음으로 만난 자폐특공대의 일원이었다. 지수와는 지금도 가끔 SNS를 통해 연락한다. 내가 중학교 1학년 마지막쯤 서울로 이사를 가는 바람에 그 이후로 만나진 못했지만… 지금은 서로의 일상에 하트를 눌러주며 근황을 알아가는 사이다. 하트를 여러 번 누를 수 있다면, 지수에게 하트를 백 번 정도는 눌

러줄 텐데. 아쉽다.

　이렇게 사이다 같은 일만 있다면 얼마나 좋았을까. 하지만 약자를 괴롭히는 비겁한 부류는 언제나 없어지질 않는다. 이건 내가 고등학교 1학년 때 있었던 일이다. 한나는 중학생이었다.

　한나는 초등학교와 마찬가지로 이번에도 일반 중학교에 입학했다. 그리고 처음으로 언니와 다른 학교에 다니게 되었다. 유감스럽게도, 중학교와 고등학교는 3년씩 나뉘어 있는 과정이니까… 우리가 같은 학교에 다닐 수 있는 건 초등학교가 마지막일 수밖에 없었다.

　정확히 무슨 괴롭힘이었는지는 자세히 기억나지 않는다. 괴롭힘을 한두 번 당했어야지. 사실 기억에서 삭제하고 싶어서 기억하지 못하는 것일 수도 있다. 어쨌든 누가 연필로 찔러 몸에 연필심이 박혔거나, 뒤에서 포니테일로 묶은 머리를 잡아당겼거나, 한나가 신었던 스타킹을 찢었거나, 한나의 필통을 바닥에 고의로 던지거나 버린 등의 일 중 하나일 것이다. 어떤 괴롭힘이 어떤 학년 때 일어났는지 정확히 매치가 되진 않는다. 분명한 건, 열은 잔뜩 받았다는 것이다.

한나가 괴롭힘당하고 있었다는 사실을 알게 된 건 시간이 너무 많이 지난 후였다. 우리 가족은 한나가 학교에서 돌아왔을 때 그녀의 상태와 소지품 여부 등을 통해서만 학교생활을 유추할 수 있었기 때문이다. 누군가 한나를 연필로 찍었을지, 아니면 한나가 스스로 찍었을지, 그것도 아니면 단순 사고였을지를 어떻게 학교에 증명하고 물어본단 말인가. 그저 한나에게 끊임없이 물어 사태를 파악하고(이마저도 시원치 않지만) 상처를 치료하며 학교에 문의를 넣어볼 뿐이었다.

그럼 특수 학교를 다니면 되지, 왜 일반 학교를 다니냐고 물을 수 있다. 하지만 사회성이 가장 문제인 자폐인들에게는 비장애인들과 생활할 수 있는 공간이 아주 소중하다. 개인적인 의견이지만 지금의 특수 학교는 장애인들을 비교적 안전하게 수용할 수 있는 공간 정도의 역할을 한다는 생각이다. 학교는 사회로 나가기 전 미성년자들이 예비 훈련을 하고 교육을 받는 공간이다. 장애인들도 그걸 누리면 좋으니까, 일반 학교를 선호할 수 있다. 그런데 이게 꼭 장애인에게만 좋은 일일까? 우린 사회에서 수많은 사람을 만난다. 장애인과 더불어 살아갈 수밖에 없다. 당장 공용 주차장에도 장애인 주차 구역이 있고, 지하철에도 장애인 좌석이 있다. 일터에서도 장애인을 마주해야 한다. 그러니 장애인과 더불어 학교생활을 하는 과정 역시 비장애인들에게 훌륭한 예비 사회생활 교육이 된다고 생각한다. 사회적 악자는 종종 피해를 주기도 한다. 그들이 약자이기 때문이다. 예를 들어, 사고가 발생하면 노인과 어린이를 먼저 대피시킨다. 이때 당연히 약자가 아닌 사람들은 대피 시간이 늦어진다. 하지만 이 역시 더불어 살아가는 과정이다. 그들은 약자이기에 어떤 상황에서는 피해를 받고, 어떤 상황에서는 피해를 줄 수밖에 없다. 약자가 아닌 사람은 달리기가 더 빠를 것이고, 판단력이 더 좋을 것이고, 생존율이 더 높을 것이다. 그러니 약자를 위해 앞 순서를 양보하는 것이다. 그런 과정을 배우는 곳이 학교라고 생각한다.

하지만 이런 과정을 잘 배우지 못하는 학생들이 많다. 약자가 보이면 괴롭히기 바쁜 학생들. 이를 학교에서는 제대로 지도해야 한다. 그러나 지도는커녕 감싸는 사람들을 더 많이 봐 왔다. 적어도 난 그랬다. 그쪽 애가 자폐면 무조건 그쪽 애가 문제인 거라고 하는 비장애인 부모들도, 다른 학생들을 범인 취급하면 안 된다고 하는 학교 측 답변도… 정말 사람을 무기력하게 만든다. 한나가 사건 설명을 똑바로 하지 못한다는 것을 빌미로, 그러니까 한나의 약점을 무기 삼아 사건을 크게 만들고 싶어 하지 않아 하는 그들의 눈빛은 나를 정말 괴롭고 참담하게 만든다. 그럼 우리 가족은 한나가 스스로 연필로 본인을 찍는 자해 행동을 한 전적이 없음을 증명해야 하고, 반 아이들에게 특정 학생이 지속적으로 한나를 괴롭혀 왔다는 증언을 받아내야 한다. 비장애인이었으면 "쟤가 괴롭혔다"라고 하면 그만인데. 아니, 사실 비장애인 학생이어도 학교 폭력을 지속적으로 당한 학생은 누가 괴롭혔는지 밝히기 어려워하는데… 자폐인 한나가 그걸 무슨 수로 설명한단 말인가?

그래도 운 좋게 범인이 밝혀질 때가 있다. 그러면 그 학생을 징계 위원회에 넘기고 참교육을 시전할 수 있을까? 그건 또 아니다. 그 학생이 지역을 옮겨 이사 가거나, 강제 전학을 당하지 않는 이상 그 학생은 계속 한나와 같은 학교에 다닌다. 그럼 우리 가족이 할 수 있는 게 뭐란 말인가? 말만 '자폐특공대'지, 사실 '특공대'라고 부르기 민망하고 서러워지는 순간에 도달하는 것이다. 우리가 그저 할 수 있는 건 그 학생에게 한나를 괴롭히지 말아달라 부탁하는 것뿐이었다.

하지만 난 그때 질풍노도의 고등학생이었다. (다른 에피소드에서 나오는 이야기를 미리 스포하자면) 나는 한나와 관련된 일에는 일진도 무서워하지 않는 벌꿀오소리형 인간이며, 교사 자격이 없다 판단되면 반항의 의미로 무단결석을 때려버리는 사람이었다. 그러니 한낱 중학생 따위가 고딩인 나에게 어찌 덤빌쏘냐, 나는 엄마의 만류를 무시하고 그 학생의 전화번호를 받아내 전화를 걸었다.

"야! 너 뒤지고 싶어? 누가 내 동생 괴롭히래!"

이게 내 상상이었다. 그 외의 말은 생각에도 없었다. 뭐 '개 같은 X아'라든지 '인생 X되고 싶냐' 하는 다소 과격한 욕설이 더 붙으면 붙었지 다른 말을 할 거라곤 생각도 못 했다.

"야!" 여기까지는 내 예상대로였다. 그다음은 아니었다. 울음이 터졌기 때문이다. "내 동생 괴롭히지 말라고… 내 동생 왜 괴롭히는데… 내 동생 괴롭히지 말라고…" 흐느끼고 대성통곡을 하느라 전화를 끊어야 했다.

지금 생각하면 웃기다. 그 학생은 무슨 생각을 했을까? 갑자기 웬 고등학생이 전화하더니 울어버려서 당황했을까? 아니면 '뭐야, 이 X?' 하며 대수롭지 않게 여겼을까? 아니면 일말의 인간성이 발동하여 괴롭힌 행동을 반성했을까?

뭐가 어찌 됐든… 이 글을 그때의 학생이 꼭 읽어줬으면 좋겠다. 그 학생 말고도, 살면서 단 한 번이라도 약자를 괴롭힌 적이 있는 사람들 모두가 읽어주면 얼마나 좋을까. 그래서 세상의 괴롭힘이 조금이라도 줄어들 수 있다면 정말 좋을 텐데.

참, 혹시 이 글을 읽고 좀 불편한 마음이 들어서 과거의 자신을 합리화하고 싶거나 반성하는 사람이 있다면 이런 말을 해주고 싶다.

'그러라고 쓴 글입니다.'

오히려 환영이다! 불편해도 괜찮다. 그리고 내 말이 틀렸다고 생각하는 사람이 있을 수도 있다. 여전히 장애인이라면 특수 학교에 보내는 것이 더 낫고, 장애 아동들이 비장애 아동들에게 피해를 준다고 생각할 수도 있다.

반박은 자유다. 그러나 나는 감히 단정 지어보겠다. 인간은 누구나 나이가 들면 언젠가 약자가 된다. 그러니 약자를 위한 세상을 만들어 가는 일에 반대할 이유는 대체 무엇일까?

소영	감동적이다.
무엘	우리 서로 강해집시다. 강해지면 약자를 괴롭힐 일이 없으니까.
진성	지금도 이 글을 읽으며 그때 상황을 생각하면 화가 치밀어 오른다.

 소영

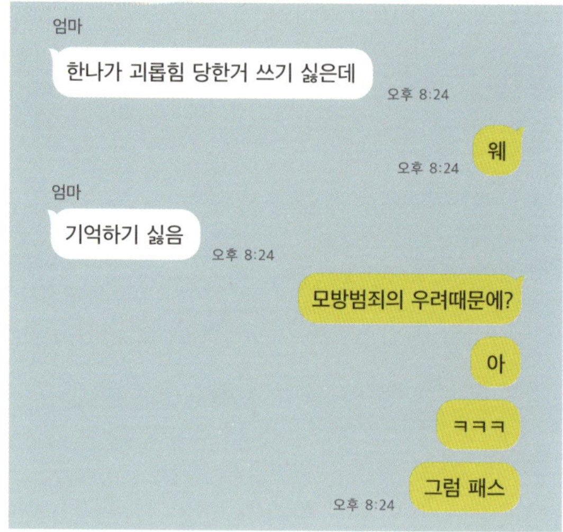

(사라: 엄마에게 왜 쓰기 싫은지 직접 물어보았다.)

"간단함. 그 순간 내가 지켜주지 못했다는 것 때문에 미치도록 괴로움. 죽을 때까지 한나랑 행복하고 싶기 때문에. 그러려면 그 생각에서 벗어나야 함. 어제보다 오늘이 더 중요하고 소중하기 때문에."

사라   그 와중에 '모방범죄의 우려 때문'이냐고 묻는 게
너무 웃김ㅋㅋㅋ
진성   100퍼센트 동의!
무엘   안 좋은 기억 떠올리기 싫긴 해.

Mission 4.

🧑‍🦰 사라

어렸을 때 내 눈앞에 펼쳐지는 풍경은 대체로 일관적이면서도 남들에겐 전혀 일상적이지 않은 것이었다. 그 풍경은 소리를 지르는 한나와 한나를 진정시키려는 엄마, 엄마를 돕는 아빠였다. 그리고 나는 저 아수라장을 지나 부엌에 가서 물을 마셔야겠다는 결심을 하곤 했다. 요즘도 가끔 보는 풍경이지만 예전만큼 일상적이진 않다. 우선 내가 가족과 떨어져 지내기도 하고, 한나도 많이 성장했기 때문이다.

분노와 짜증 조절이 잘 안 되는 한나의 일그러진 얼굴과 그런 딸의 모습을 보며 마음 아파하는 부모님의 모습…. 이건 나에게 아무런 타격을 주지 못했다. 너무 냉정한 것 같다는 생각이 들 수도 있겠지만, 원래 자주 보면 익숙해진다. 솔직히 이 책을 읽는 사람들 중에서 형제자매가 부모님에게 혼날 때 부모님 뒤에서 이상한 표정을 짓거나 약 올리는 얼굴을 한 적 있는 사람이 분명 있을 것이다. 난 적어도 한나의 아수라장 속에서 장애인 페널티를 적용하여 약 올리지는 않았다. (물론 사무엘이 혼날 때는 최선을 다해 약 올린다.) 아무튼 난 그렇게 난리법석인 상태가 되어도 별다른 반응을 보이지 않고 내 할 일을 했다. 그때 난 어렸기에 엄마를 도와 한나를 진정시키기에는 무리가 있었고, 엄마의 슬픈 마음을 달래줘야 한다는 성숙함 따위도 가지고 있지 않았다. 단지 '어우, 김한나 또 시작이네. 시끄러워 죽겠네' 정도의 생각을 했던 것 같다.

그날도 그랬다. 엄마와 한나는 아수라장 속에서 각자의 싸움을 하고 있었고, 나는 평소와 다름없이 방에서 이 공부를 끝내고 얼른 컴퓨터 게임을 해야겠다는 생각뿐이었다. 아니, 그날은 또 뭔가 좋은 일이 있었는지 콧노래까지 작게 흥얼거리고 있었다. 그때 나는 한나와 같은 방을 쓰고 있었는데, 이층 침대와 작은 책상 두 개가 있는 방이었다. 그리고 그 방에는 여닫이문이 아닌 미닫이문이 달려 있었다. 창살이 정사각형으로 난 문이었고, 그 사이엔 한지 대신 유리가 있었다. 한나와 엄마는 그 문 쪽에서 대치 중이었다. 한나는 방 안쪽에서, 그리고 문을 사이에 두고 거실 쪽에는 엄마가, 나 역시도 한나와 마찬가지로 방 안쪽에서 책상 앞에 앉아 있었다.

'음, 물 마셔야지.' 물 마시는 걸 좋아하는 나는 책상에서 일어나 대치 중인 엄마와 한나를 지나 유유히 부엌으로 갔다. 물을 뜨고 다시 방으로 돌아가는 중에 일이 벌어졌다. 한나의 "끼약!" 하는 날카로운 소리와 함께 뭔가 와장창 깨지는 소리가 났다. 한나가 발로 문을 차는 순간 내가 옆을 지나갔고, 유리 조각 파편들이 이리저리 튀었고, 그 옆에서 물컵을 들고 가던 나는 발 쪽에 뭔가 닿는 게 느껴졌다. 큰 파편 하나가 내 발등에 콱! 박힌 것이다.

한나와 엄마가 소리를 지르며 대치하던 그 소음은 나의 입으로 옮겨왔다. 나는 꽥 소리를 지르며 울기 시작했다. 엄마는 물론이고 한나까지 매우 당황했다. 한나는 멍하니 날 쳐다봤다. 물론 곧바로 치료도 받았고 별다른 소동은 더 이상 없었다. 엄마는 유리 파편을 치웠고 한나는 잠시 조용해져 있었다.

나는 이 사건을 낄낄거리며 주변 사람들에게 이야기해 주곤 한다. '자신이 얼마나 큰 사고를 당했는가'를 주제로 이야기할 때면 말이다. 이 이야기는 내가 중학교 3학년 때 자전거를 타고 가다가 전봇대에 박아 기절한 이야기와 양대 산맥으로 같이 나오는 썰인데, 사람들의 반응은 보통 두 부류로 나뉜다. 한나의 짜증에 대해 어떻게 반응해야 할지 모르겠는 부류, 그리고 웃기고 불쌍하다며 내 발등이 괜찮냐고 물어보는 부류. 가끔 희귀하게 등장하는 부류는 한나가 왜 그렇게 짜증을 내며 그 짜증을 어떻게 해결해야 하는지 물어보는 경우도 있다. 그러면 난 성심성의껏, 하지만 아주 간단하게 대답해 준다.

"짜증이 나니까. 그건 시간과 노력, 애정의 싸움이지."

한나의 짜증은 그저 짜증일 뿐이다. 이 이야기를 읽고 '어머, 자폐아를 키우는 건 정말 힘든 일이구나' 하는 생각이 들었다면 한번 고찰해 보자. 비장애인으로 구성된 집에도 이런 사건이 없었는지.

내가 이 이야기를 꺼낼 때면 사람들은 저마다 자기 집에서 발생했던 큰 사건이나 사고에 대해 이야기해 주곤 한다. 날고 싶다는 생각 하나로 이층에서 뛰어내렸다가 다리가 부러졌다든가, 가출한 어린 남동생이 속옷 바람으로 세발자전거를 타며 도로를 질주하고 있었다든가, 성냥불을 켜보다가 방의 장판을 홀라당 태워 먹었다든가, 형이 주사 맞고 우는 걸 보고 동생이 의사 선생님의 정강이를 발로 차버렸다든가….

비장애인으로만 구성된 가족들에게도 이런 사건 사고는 많이 일어난다. 내 발등에 유리가 박힌 그날도, 한나가 자폐여서 특별히 발생한 사건은 아니었다. 그저 싸우는 모녀 옆을 지나가던 다른 딸내미의 발등에 유리가 박힌 사건일 뿐이다.

최근엔 사건 사고 이야기를 하는 시간에 풀 수 있는 썰이 하나 더 늘어났다. 바다가 너무나도 예쁘게 펼쳐진 통영 산책로를 걷다가 한나의 행복한 표정을 사진으로 담고 싶었던 나는(그리고 겸사겸사 새로 산 폰의 손떨방 기능⚡을 실험해 보고 싶었던 나는) 뒤로 걸으며 한나를 찍어주다가 그대로 차량 진입 금지를 위해 세워둔 철 구조물에 걸려 넘어져 발목 쪽의 근육이 찢어졌다. (왜 항상 발 쪽에 일이 생기는 걸까?) 하반신 척추를 마취하는 수술을 했는데, 내가 다친 사진들을 엄마가 한나에게 보여주자 "언니야가 아프겠다"라며 걱정을 했다고 한다. 아마 그날 유리 파편이 내 발등에 박혔을 때도 한나가 언니를 걱정해서 잠시 조용해졌나 보다, 하는 생각이 든다. 짜식…. 앞으

⚡ 손떨림 방지 기능. 즉, 스마트폰 카메라를 들고 촬영할 때 화면이 덜 흔들리게 찍히는 기능이다.

로 한나가 짜증을 내면 다쳐야겠다.

 소영

20??년 5월 26일, 엄마의 일기

요즘 한나가 이상한 소리를 더 많이 하는 것 같다. 그러니까 자기 속에서 즐기는 시간이 더 많아진 것 같다. 오늘 그리기 대회에 같이 가보니 울기와 짜증 내기를 눈치 보지 않고 한다. 언어와 대화는 많이 좋아진 것 같은데… 짜증 내는 일은 더 심해진 것 같다. 벌써 사춘기는 아닐 테고… 철이 이상하게 들었는지… 다시 바로잡아 줄 때가 된 것 같은데, 방법을 생각해 봐야겠다.

아~~~ 머리 아프당당당.

사라　ㅋㅋㅋㅋ 당당당ㅋㅋㅋ

위의 일기를 읽고 쓰는 글

저 날이 기억난다. 한나는 분명 그림을 잘 그린다. 나는 한나가 그림 대회에 나가서 충분히 그림을 잘 그릴 수 있다고 생각한다. 그런데 한나는 자폐다. 자폐 성향은 모든 환경에 적응하기에 너무 힘든 장애다. 그림을 잘 그리는데 대회라는 환경에 적응을 못 하는 것이 자폐이다.

괜찮다. 하지만 아쉽긴 하다. 욕심이지, 뭐.

2022년 12월 7일, 엄마의 일기

짜증은 짜증을 낳는다. 짜증이 느는 이유는 짜증 나는 나를 돌아보지 못하기 때문이다. (어려운 인생.) 한나가 요즘 짜증이 늘었다. 한나는 자폐인데 스스로 '왜 내가 요즘 짜증이 많이 나지?'라는 문제에 대해 의식을 거의 할 수 없다. (할 수는 있지만 할 수 없다는 것이다. 방법만 안다면 한나도 할 수 있다는 뜻.)

그리고 피해의식이 늘었다. 무엘이가 그냥 혼자 놀다 웃거나 누나가 귀여워서 웃으면 자신을 비웃는 것으로 인식해서 무엘이가 웃을 때마다 시비를 건다. 왜 웃냐며, 웃지 말라며.

이 경우 꽤나 흥미롭고 우리 가족의 입장에서는 매우 재밌는 상황이다. 하지만 한나의 신경질적인 반응은 '쟤 왜 저러냐ㅋㅋ'로 끝날 일은 아니기에, 신경을 곤두세우고 지켜봐야 한다.

한나는 짜증이 나면 소리를 지르고 화장실(혼자 화를 낼 수 있는 가장 적합한 공간)에 가서 벽을 주먹으로 때리거나 자신을 때리는 행위를 한다. (나는 이것을 '자해'라는 단어보다 그냥 '자신을 때리는 행위'라고 표현하고 싶다. 왜냐하면 자해라는 말은 매우 심각한 상태를 의미하는 것 같아서다. 사실 매우 심각할 때도 있긴 하지만….) 이럴 때마다 열이 받는 내가 한심하다.

며칠 전에는 한나랑 같이 소리를 질러서 지금 목이 좀 불편한 상태다. 한나는 아직 건강해서 아파도 회복이 빠르지만 나는 아니다.

조금이라도 더 한나가 자신의 감정을 인지하고 조절할 수 있었으면 좋겠다. 무엘이한테 그런 감정을 느낀다는 것은 한나가 성장하고 있다는 것으로 볼 수 있다. 하지만 한나야… 조금 긍정적으로 성장하자. 부탁이다.

사라	ㅋㅋㅋㅋ 그래 한나야, 꼭 아파야 청춘은 아니다.
소영	흠… 무엘이가 성인이 되니 예전처럼 마냥 귀엽지만은 않아서 그런 걸까?ㅋㅋㅋㅋㅋㅋㅋㅋㅋ
진성	지금은 웃으며 이야기할 수 있지만, 그땐 장난 아니었다.

 진성

한나가 짜증 내는 케이스는 여러가지지만 가장 대표적인 사례는 자신의 계획이 틀어졌을 때다. 가고 싶은 식당에 갈 수 없게 됐다든지, 공휴일인데 원하는 곳에 여행을 가지 못하게 됐다든지 하면 어김없이 짜증을 낸다. 그 외에도 어느 순간 갑자기 매우 기분이 좋지 않은 상태가 되어 있는 경우를 보기도 한다.

보통 한나는 미리 자신이 가고 싶은 곳을 제시한다. 그런데 주로 매운 음식을 먹는 곳이다. 대표적인 곳이 '바보형제쭈꾸미'다. 안타깝게도 나와 사무엘은 이런 매운 음식을 잘 못 먹는다. 그래서 다른 곳을 열심히 제안해서 겨우 통과하면 다행이지만 그렇지 못한 날은 초민감 상태에 있는 한나를 수비하기 바쁘다.

그 외에 영문도 모른 채 갑자기 분노하는 한나를 맞이할 때도 많다. 보통 그럴 때면 우리의 첫 번째 반응은 놀람과 빠른 수비다.

어떤 날은 끝까지 무슨 영문인지 모르는 경우도 생긴다. 표현을 하지 않으니까. 하지만 이해는 충분히 간다. 나도 눈뜨면 하루의 일과를 이미 계획한 상태이고 그것이 조금씩 틀어질 때마다 전혀 유쾌하지 않기 때문에, 내 딸인 한나도 충분히 그럴 것임을 알기 때문이다.

> **사라**　파워 J 가족 ㅋㅋ (막내 제외)
> **무엘**　저도 J 할 수 있습니다.

다만 기분이 나쁜 것을 참아야 할 이유조차도 모르고, 또 기분 나쁜 것을 어떻게 표현해야 하는지도 모르는 자폐인이기 때문에 자신이 할 수 있는 방법 그대로(혹은 자가 학습된 방법 그대로) 표현하는 것일 뿐이다.

한나가 소금 더 일반적이고 건강한 방식으로 화를 내고 스스로를 해롭게 하지 않기를 바라며 기도하지만 그래도 이해는 충분히 간다.

물론 우리 나름의 대처법도 있다. 한나가 원하는 것과 최대한 비슷한 대안을 제시하거나, 분노를 표출할 빈도를 줄이도록 눈앞에서 보초를 서주거나 하는 것들이다. 다른 사람들이 보기에는 어설픈 방법 같아도 아직까지 이보다 좋은 방법을 찾지 못했다. 은퇴를 하면 한나가 원하는 곳을 마음껏 찾아다니고, 먹고 싶어 하는 것을 실컷 먹여주고 싶다. 그냥 항상 한나에게 미안할 따름이고, 그래도 밝고 맑게 자라준 것이 너무 고마울 뿐이다.

 **무엘**

한나 누나의 짜증에 관해 가장 먼저 생각나고 평소에도 주의하는 일부터 쓰자면 '건드리는 것'이다. 다른 사람이랑 조금이라도 닿기만 하면 짜증을 낸다. 물론 기분이 안 좋을 때만 그렇다. 기분이 좋으면 기분이 좋은 그 원인에 집중하고 있기 때문에 남이 건들든 말든 신경 쓰지 않는다. 그런데 기분이 안 좋으면 매우 예민해져서 실수로 1제곱 마이크로미터의 면적만큼만 닿아도 짜증을 낸다. 그 짜증을 낼 때의 방식도 매우 살벌하다. 1제곱 마이크로미터 이상 닿았을 때 바로 짜증 내는 것이 아니라 닿은 즉시 몸을 피한 뒤 1시간 정도 있다가 이렇게 말한다. "왜 건드려." 텍스트로는 다 못 담을 살벌함이다. 지금 내가 적어놓은 "왜 건드려"도 의문형에 물음표가 아니라 마침표가 붙었다. 상당히 얼어붙은 어조다. 이때는 무조건 엄마 찬스를 써서 왜 건드리냐는 질문을 잘 받아쳐야 진정이 된다.

엄마 찬스는 내가 엄마한테 어떤 신호를 보내는 것은 아니다. 일단 한나 누나가 그런 식으로 나올 때는 대체로 엄마가 옆에서 듣고 있을 아주 일상적인 상황이다. 저녁 식사 시간 직후와 같은 상황 말이다. 그래서 "왜 건드려"를 듣는 순간 엄마는 나를 위해 여러 가지 다양한 답변을 해준다.

첫 번째는 '미필적 고의가 아니었음을 입증하기'이다. 아예 안 건드렸다고는 못 하지만 "우발적"이거나 "심신 미약" 등의 원인으로 건드렸다고 하면 한나 누나가 인정해 준다.

> **사라**　싱싱 미역⚡이라니.

두 번째는 '입장 바꿔 생각하기'다. 이때 엄마의 주된 멘트는 "너도 밖에서 다른 사람 치고 지나가잖아" 등이 있다. 한나 누나는 가끔 머릿속 유니버스에 몰입된 상태에서 길을 걷다가 다른 사람의 어깨를 자신의 어깨로 가격할 때가 있다.

세 번째는 조금 안 좋은 상황이 되었을 때 쓰는 말이다. 한나 누나가 기분이 많이 안 좋은 날에는 왜 건드렸냐고 화를 내면서 지속적으로 닦달할 때가 있다. 이때는 두 번째 방법과 비슷하지만, 엄마가 한나 누나한테 접근해서 "너도 엄마 건드려"라고 하며 한나 누나 손을 잡고 엄마를 만지게 한다. 지금

⚡　'심신 미약'을 의미하는 신조어

생각해 보니까 불난 집에 부채질인 것 같다. 하지만 이 방법이 나올 정도면 이미 부채질이 문제가 아니라 전소되기 직전 상태라서 부채질 따위는 더 이상 논할 바가 아니게 된다.

역시 가장 좋은 방법은 내가 조심하는 것이다. 도로에서도 내가 아무리 운전을 잘해봤자 사고는 발생하기 마련이기에 방어 운전을 하는 것처럼, 나도 한나 누나를 최대한 안 건드리거나 건드렸을 경우 내가 먼저 빠르게 사과하면 된다. 이렇게 사람은 학습 능력이 있어야 살아남을 수 있다. 우리가 자폐특공대이지만 자폐로부터 살아남는 것 또한 중요한 과제라고 생각한다.

Mission 5.

기계와 한나-world

 무엘

닌텐도 위(Nintendo Wii)

지금은 잘 안 하지만 엄마한테 혼난다거나 폭력적인 상황(그냥 말이 그렇다는 겁니다)이 발생되는 경우는 다 이 녀석 때문이다. 이웃 나라에서 2007년에 출시한 이 엄청난 게임기는 이상하게 생긴 리모컨을 들고 막 휘두르면서 조작해야 한다. 리모컨이 한 개가 아닌 두 개가 기본 패키지인 것으로 알고 있고, 최대 네 명이서 각자 리모컨을 들고 게임을 즐길 수 있다.

보통 게임이라면 일시정지를 눌렀을 때 '다시 시작' 항목이 있을 것이다. 단언컨대 이를 가장 잘 활용하는 사람은 한나 누나다. 여기서 한나 누나의 특징이 나오는데, 보통 비장애인이고 매너가 있다면 다른 사람과 함께 즐기는 게임을 할 때 결과에 승복하고, 하하호호 웃으면서 한번 시작한 판은 포기하지 않고 끝을 볼 것이다. 그런데 한나 누나는 혼자 하든 남이랑 같이하든 본인이 불리한 상황에 놓이면 바로 다시 시작을 눌러버린다.

그나마 누나가 기분이 좋을 땐 다시 시작을 누르고, 상대방이 "한나야…! 다시 시작하면 어떡해…!"라고 하면서 서로 까르르 웃을 수 있다. 그런데 누나가 기분이 안 좋을 때면 표정이 바로 식어버리고 심지어는 게임기 전원을 꺼버린다…. 이때 해결 방법은 져주는 것? 절대 안 된다. 거기서 그만둬야 한다. 세상은 냉정하다는 사실을 알려주기도 하면서 더 이상 기분 나쁘지 않게 만드는 것이다. 다음 장면은 각자가 할 일을 하러 가는 모습이다.

가끔은 예전에 가족들과 함께 닌텐도 위를 하던 기억이 떠오른다. 한나 누나가 그때처럼 우리와 닌텐도 위나 스위치를 하고, 지금 하고 있는 '심즈'라는 게임을 조금 덜 했으면 좋겠다….

사라	김한나 심즈 중독자임, 진짜(라고 게임 중독자가 말하기).
진성	한나의 인생에서 게임은 '승부'다.
소영	한나가 게임을 잘하는 건 자랑거리다.

컴퓨터

한나 누나에게 찾아오는 엄마 크리티컬[*]은 닌텐도 위때문만이 아니다. 컴퓨터 게임도 하다가 화나면 책상을 치는 경우가 있다.

심즈(The Sims 4)

심즈라는 아주 유명한 게임 시리즈가 있다. 여러 캐릭터를 만들고 인생을 컨트롤하는 게임이다. 어떻게 생각하면 좀 무섭다…. 보통 게임이 너무 재미있고 감동적이면 "인생 게임"이라는 타이틀이 붙는데 이 게임은 말 그대로 인생 게임이다. 그런데 누나는 약간 패션(옷 입히기) 게임처럼 쓰는 느낌이다….

---

[*] '엄마의 제재'를 의미한다.

그리고 이 게임 개발자들이 확장팩을 서른 개는 넘게 개발해 놓은 것 같다. 정말 쓰잘데기 없어 보이지만 누나가 명절이나 생일에 선물로 사달라고 하기 때문에 나름 이곳에 불필요한 지출을 하고 있다. 할인도 정말 더럽게 안 해주는 플랫폼이라서 내가 봤을 땐 정말 괘씸하다. 한나 누나가 언젠가는 제발 심즈를 그만뒀으면 좋겠다.

스타크래프트(StarCraft)

요즘은 안 하지만 한나 누나가 많이 했던 게임이다. 누나는 저그(괴물같이 생김) 종족을 선택해서 플레이했다. 온라인으로 하지는 않았고, 매번 인공지능을 상대로 치트키를 써서 이겼다. 지는 걸 싫어하기 때문이다. 그래도 꽤 단련이 되어서 가족들끼리 가끔 했다.

집에 있는 컴퓨터는 내가 다 조립했다. 키보드, 마우스, 모니터까지 다 내가 세팅한다. 그런데 누나 컴퓨터가 이상할 때는 어쩔 수 없이 누나가 쓰던 그 마우스를 만지며 고쳐야 하는 데… 정말 더럽다. 그래서 나는 물티슈 한 장을 뽑아서 마우스에 이불처럼 덮어놓고 그 위에 손을 얹어서 쓴다.

> **사라**　마우스 포근하겠네.

아이폰

아빠는 꽤 얼리 어답터다. 지금 쓰는 컴퓨터가 밸런스 안 맞게도 CPU 성능이 엄청 높고(나머지 부품도 안 좋은 건 아니다), 요즘은 누나가 쓰던 폰을 받아서 쓰지만 6년 전만 해도 아이폰 7 플러스를 사전 예약으로 샀다. 2009년에 아이폰 3세대(3GS)가 국내에 첫 아이폰으로 출시되면서 아빠가 덥석 사버린 적이 있다. 신촌교회 사무실에서 아이맥(애플에서 판매하는 컴퓨터 시리즈)을 사용하고 있었기 때문일 수도 있고 그냥 호기심일 수도 있다. 사라 누나가 그런 걸 왜 쓰냐면서 비난 아닌 비난을 했지만, 그때는 그게 우리나라에서 이렇게 잘 팔릴 줄 몰랐던 것이다.

이렇게 우리 집은 애플투성이가 된다. 한나 누나도 아빠가 쓰던 아이폰을 물려받는 것으로 시작했다. 나도 아이폰 4로 시작했고 겁 없던 초등학생 시절에 그 비싼 아이폰을 물고문시킨 적이 있다(방수 기능을 테스트하고 싶은 마음에). 그렇게 한나 누나는 아이폰만 쓰게 되었다. 익숙한 것을 사용하는 자폐의 특성으로 인해 괜히 안드로이드 폰을 사줬다가 서로 변을 당할 것 같아서 계속 아이폰만 쓰게끔 하는 중이다. 누나도 진짜 가끔은 새 폰을 보고서 본인도 갖고 싶어 하는 기색을 보인다.

갤럭시 탭

갤럭시 탭, 아이패드 등 태블릿 종류의 스마트 기기가 한나 누나 손에 들어가면 그 기기는 영원히 넷플릭스 머신 겸 그림 캔버스가 된다. 지금은 갤럭시 탭을 쓴다. 아이폰을 쓰지만 (스마트폰이 아닌) 갤럭시 탭을 그렇게 불편해하지도 않고, 아이패드 애플 펜슬의 단점이 누나에게 치명적이기 때문이다. 기계랑 분리되어 있어서 잃어버리기 쉽고 충전도 어렵다는 등의 이유가 있다.

> **사라** 우리집 기계 담당 무엘군ㅋㅋㅋ 잘 읽었습니다. 넘
> 웃김.

 **사라**

요즘은 온라인 게임이 많이 발전하기도 했고 PC방도 예전과 달리 꽤나 쾌적해졌으며 집에도 컴퓨터가 두 대 이상 있는 집들이 많아졌다. 개인 노트북을 가지고 있는 학생들도 많아졌고 말이다. 하지만 '라떼(나 때)'는 그런 건 없었다. 컴퓨터 한 대를 두고 형제, 자매, 남매들이 치열한 전투를 벌이는 썰은 정말 사회 곳곳에서 아주 쉽게 찾아볼 수 있을 정도로 흔했다.

우리 집엔 컴퓨터가 두 대 있었던 걸로 기억한다. 컴퓨터로 하루 종일 일을 하는 아버지가 쓰는 컴퓨터가 한 대 있었고, 나와 한나가 함께 쓰는 컴퓨터가 한 대 있었다. 난 주로 그 컴퓨터로 인터넷 학습지를 풀거나 좋아하는 게임을 했고 한나는 컴퓨터를 완전히 게임 용도로만 썼다.

한나와 나는 컴퓨터 한 대로 싸우는 일은 없었다. 당시 한나는 초딩, 그러니까 지금보다 훨씬 더 소통이 안 될 때였다.

컴퓨터를 나눠 쓴다는 개념을 한나에게 가르쳐 주는 것은 큰 무리가 있었다. 내가 가위바위보를 한나에게 가르쳐 주는 것만 해도 한 달이 넘게 걸렸으니 말이다. 그래서 난 한나가 비키라고 땡깡을 부리면 저항 없이 비켜줄 수밖에 없었다. 하지만 나도 그땐 초중딩이었다. 얼마나 놀고 싶었겠는가! (사실 나이는 핑계다. 난 지금도 게임을 너무 좋아한다.) 게다가 어릴 때일수록 힘과 나이의 논리가 잘 통한다는 사실을 다들 알고 있을 것이다. 그래서 보통 형제, 자매, 남매의 컴퓨터 쟁탈전에서는 주로 형, 오빠, 언니, 누나가 승리한다. 그러나 우리 집은 조금 특이 사항이 있는 집이다. 힘과 나이라는 논리는 한나가 '자폐'라는 사실에 무참히 밀린다. 하지만 중요한 건 꺾이지 않는 마음… 난 한 가지 방법을 생각해 냈다. 바로… 한나와 같이 게임을 하는 것이었다.

한나는 '카트라이더'나 '크레이지 아케이드' 같은 온라인 게임을 즐기기엔 사회성이 부족했다. 오프라인에서도 남들과 즐기는 게 힘든데 온라인이라니, 말도 안 되는 소리였다. 그래서 우리가 선택한 게임은 '니켈로디언'이라는 애니메이션 회사에서 만든 레이싱 게임이었다. 카트라이더와 매우 유사한 시스템이지만 배찌나 다오 등의 넥슨 캐릭터가 나오는 게 아니라 스폰지밥 같은 니켈로디언 캐릭터들이 나오는 것이 특징이었다. 우린 둘 다 니켈로디언 애니메이션을 매우 좋아했고 즐겨봤기 때문에 그 캐릭터들이 매우 친숙했다. 게다가 2인 플레이가 가능했는데, 하나의 키보드로 2분할된 화면을 보면서 게임을 할 수 있는 시스템이었다. 한나와 함께 하기 딱 완벽한 게임이었달까?

그러나 한나는 순순히 이 이야기의 해피엔딩을 만들어 줄 위인은 아니었다. 한나와 게임을 하는 것은 생각보다 까다로웠는데, 가장 주의해야 할 점들 중 하나는 바로 '한나를 이기지 말 것'이었다.

한나는 승부욕이 매우 강하다. 그리고 사회성이 부족하다. 이 두 가지를 합치면 이런 결론이 나온다. '내가 이기는 게임만 하고 싶음.' 레이싱 게임 중 한나에게 장애물을 던지거나 방해를 해서도 안 된다. 질 것 같은 게임은 아예 하질 않는 승부사 재질의 김한나는 자신이 2등 혹은 그 뒤로 밀려나면 게임을 리셋해 버리기 때문이다. 그래서 난 한나와 레이싱 게임을 하며 '1등'이란 결말 화면을 본 적이 손에 꼽는다. 한나가 내내 1등을 하다가 내가 어쩌다 아슬아슬하게 1등을 했을 때나 볼 수 있는 화면이기 때문이다. (만약 이렇게 결과가 나오면 한나는 분개한다.)

그래도 난 이에 대해서 짜증 나거나 화난 적은 없었다. 한나가 게임에서 질까 봐 게임을 리셋해 버리는 그 마음이 너무나도 귀엽고 웃겼다. '얘도 감정이 있네?' 당시에 내가 수백 번을 불러야 열 번 정도 대답해 줄까 말까 하는 한나가 그런 면모를 보이는 것은 내겐 너무나도 자극적인 콘텐츠였다. 게다가 난 언제든 한나를 이길 수 있었다. 게임 시간 내내 한나에게 져주고, 막판에는 아슬아슬하게 한나의 뒤에 바짝 붙어 2등을 하다가 1등으로 극적인 골인을 하는 것도 꽤 재밌었다. 한나가 화를 내기 때문이다. 그러면 한나는 컴퓨터를 꺼버리거나 게임을 강제 종료해 버렸다. 어차피 막판이어서 상관없었기 때문에 한나가 2등을 해서 씩씩거리는 모습을 보며 게임 시간을 마무리 짓는 것은 매우 즐거웠다. '한나도 감정이 있어'라고 생각하며.

물론 게임을 강제 종료하는 한나의 패턴은 컴퓨터에 엄청난 무리를 주었다. 컴퓨터뿐만 아니었다. 한나와 함께하는 모든 기계는 이런 식으로 한나에게 혹사당했다. 닌텐도 위도 그랬다. 리모컨을 마구 휘두르며 신체를 써야 하는 닌텐도 위 게임은 해본 사람은 잘 알겠지만 게임의 승리 혹은 성취에 도달하기까지 생각보다 많은 노력이 들어가야 한다. 한나도 마찬가지였다. 그때도 역시 통통한 뱃살을 가지고 있던 한나는 헉헉거리며 닌텐도 위를 즐겼는데, 그때부터 승부에 더욱더 집착하기 시작했다. 하지만 닌텐도 위 리모컨에는 번호가 있었고 1번 리모컨을 쥔 사람만이 게임을 멈추고 끝낼 수 있는 시스템이었다. 즉, 내 손에 1번 리모컨이 있다면 한나가 아무리 패배에 열받아도 게임을 강제 종료할 수 없다는 소리가 된다.

닌텐도 위를 한참 즐길 당시에는 한나도 나도 초딩에서 완전히 벗어난 상태였다. 처음에야 한나가 감정을 가지고 승리에 집착하는 모습을 보이는 게 재밌고 신기했지, 나중엔 나도 한나에게 계속 지는 게 싫어진 상태였다. 나는 1번 리모컨의 권력과 권한을 마구 휘두르며 한나가 게임을 리셋하지 못하게 했다. 한나는 분노했고, 소리를 지르기도 했으며, 이후 나랑 게임하는 것을 피하기도 했다. 내 실력이 월등히 뛰어났기 때문이다. (하하하.) 물론 당시 유딩, 초딩 시절의 무엘이도 나에게 매번 완패해서 시무룩하게 방에 들어갈 때가 한두 번이아니었지만.

한나는 나에게 계속 지기 시작한 후부터 혼자 닌텐도 위를 즐기기 시작했다. 컴퓨터를 상대로 하는 게임은 훨씬 이기기

쉬웠고, 1번 리모컨의 권한도 자신에게 생기기 때문이었다. 하지만 또 다른 문제가 발생했다. 닌텐도 위는 1인 플레이를 하면 주로 자신의 과거 기록을 상대해야 하는 게임이 많았다. 즉 매일같이 닌텐도 위를 즐기던 한나는 사실 자신과의 싸움을 하고 있었던 것이고, 나날이 늘어가는 자신의 실력을 매일 마주해야 했다는 소리다.

마치 무림 고수 같았다. '어제의 김한나'만이 '오늘의 김한나'를 상대할 뿐이었다. 그 상대는 가면 갈수록 대결하기가 까다로워졌다. 날이 갈수록 한나는 과거의 자신과의 고전 끝에, 몇 판이고 도전 끝에 승리를 거머쥘 수 있었다. 하지만 이게 언제까지고 계속될 수는 없는 노릇이었다. '어제의 김한나'는 한나가 닌텐도 위를 플레이한다면 매일 무한히 생성되는 존재였기 때문이다.

그러던 어느날, 발을 쾅! 굴리며 성질을 내기 시작한 김한나…. 이제 과거의 자신을 이길 수 없었던 모양이었다. 그리고 닌텐도 위는 꽤나 비싼 기계였다. 그 엄청난 파워로 닌텐도 위의 1번 리모컨을 던져버릴 위기의 상황에서… 아빠가 지나가며 한마디를 던졌다.

"새로 캐릭터를 하나 만들어, 한나야."

애니메이션이었다면 한나의 머리 위로 띵- 하고 전구가 켜졌을 것이다. 한나는 곧장 새 캐릭터를 만들어 맞대결을 시작했고 손쉬운 승리를 얻어내며 닌텐도 위를 종료했다.

요즘 한나는 무엘이가 조립해 주고 골라준 데스크톱으로 심즈 4를 즐기고 있다. 즐기고 있다고 하면 약한 느낌이 드는 건 왜일까? 왜긴, 심즈를 너무 많이 하고 너무 자주 한다. 중독자 같다. 심즈에는 경쟁 구도가 없다. 심지어 한나는 치트키를 쓰기 때문에 심즈 캐릭터들을 자기 마음대로 조종하고 지배할 수 있다. 심즈에는 한나가 만들고 군림하고 있는 작은 '한나-world'가 있는 것이다. 가끔 플레이하는 걸 뒤에서 구경하면 소름이 돋을 때가 있다. 나와 사무엘은 한나에게 "심즈 좀 그만해라"라고 말하지만 한나는 멈출 생각이 없어 보인다.

최근엔 내가 쓰던 닌텐도 스위치를 한나에게 선물했다. '동물의 숲'이라는 유명한 게임도 함께 사주고 내가 이미 다 깨서 더 이상 쓰지 않는 게임팩 몇 개도 줬는데, 심즈를 좋아하니 동물의 숲 같은 게임도 좋아할 거라고 예상했다. 하지만 한나는 치트키를 쓸 수 없는 동물의 숲에는 별다른 흥미를 느끼지 못하는 듯 보였다. 엄마 말로는 그래도 하루에 조금씩은 한다고 하는데, 그것보다는 내가 준 여러 팩 중에 '마리오 오디세이'를 더 열심히 한다고 한다. 마리오는 다들 알다시피 마리오가 공주를 구하러 가는 아주 단순한 게임이다. 물론 2D가 아니라 3D 버전으로 엄청나게 업그레이드된 마리오 게임이긴 하지만 그래도 게임의 형식은 여전히 단순하다. 여러 장애물과 몬스터를 깨부수고 공주를 구하면 된다. 몇 년 전에 이 게임을 할 때 너무 집중한 나머지 엘리베이터에서 모르는 아저씨에게 기댄 적이 있다. 아빠인 줄 알았기 때문이다. 다행히 몸이 닿기 직전에 아빠가 날 잡아당겨 사태 파악을 하게 되었고 아저씨에게 죄송하다고 사과를 했다. 아저씨는 껄껄 웃으셨고 아빠는 나에게 "그게 그렇게 재밌나?"라고 말했으며 나는 민망한 웃음을 지으며 죽어버린 마리오가 있는 화면을 껐다.

한나도 마찬가지로 이 마리오 게임에 굉장히 집중하고 있다는 소식을 들었다. 그리고 며칠 뒤, 엄마가 운영하는 한나의 유튜브에서 한나가 마리오 게임을 하는 영상을 보게 되었는데… 정말 깜짝 놀랐다. 한나의 마리오가 죽었을 때, 한나가 던지는 멘트가 나와 똑같았기 때문이다.

"파워문을 지키지 못했다. 멍청한 마리오. 에이, 망했다."

과거에도 한나는 나의 언어를 많이 따라 했다. 내가 자주 쓰는 말은 "망했다"였는데, 한나가 어느 날 뭔가를 시도하다

실패했을 때 "망했다"라고 하는 것을 듣고 빵 터졌던 기억이 있다. 여기까지는 언니가 쓰는 언어를 따라 했다고 칠 수 있다. 근데⋯ 파워문을 지키지 못한 점과 내 맘대로 움직여 주지 않는 마리오를 원망하는 문장, 그리고 자매의 명대사 "망했다"까지⋯. 정말 웃기고 신선했다.

무엘　왜 마리오 탓을 함?

사라　나는 잘했음. 암튼 마리오가 못한 거임.

생각해 보면 나와 한나는 정말 비슷한 구석이 많다. 계획을 철저하게 세우고 지키고자 하는 것도 그렇고 가끔 시니컬한 대사를 내뱉는 것도 그렇고. 한나가 승부욕 때문에 기계를 혹사시키는 것 역시 나와 비슷하단 생각이 들었다. 내가 한나에게 준 닌텐도 스위치는 한때 너무 많이 사용해서 화면이 살짝 휘었다. (지금은 다시 원상복구되었다.) 나는 이직을 위해 잠시 퇴사했을 때 게임을 다 깰 때까지 계속 하겠다며 하루에 13시간씩 일주일을 플레이한 적도 있었다. 그때 썼던 컨트롤러는 제대로 망가졌다.

한나의 기계들은 늘 혹사를 당한다. 그래도 괜찮다. 부모님

의 돈과 무엘이의 고생, 언니의 중고 기계들로 한나의 즐거운
시간은 언제나 채워질 것이다.

> **진성**　우리 집에 본전 못 뽑은 기계는 없다ㅎㅎ
>
> **소영**　게임하는 한나를 건드려서는 안 된다. 왜냐하면 게
> 　　　　임을 하면서 배우는 게 많기 때문! 사회성, 언어 등
> 　　　　등….

 **소영**

엄마의 최근 일기

한나씨는 백수가 체질에 안 맞다. 모두가 쉬는 토요일에도
7시 기상 시간을 어기지 않고 일어나 운동하고 샤워하고 11시
까지 기다렸다가 컴퓨터를 켜고 심즈를 한다.

한나씨의 기계들에는 역할이 있다. 컴퓨터는 심즈용이고
컴퓨터 옆의 태블릿은 넷플릭스나 디즈니 채널의 영화를 보
는 용이다. 핸드폰은 샤워 후 천천히 머리 말릴 때, 매일 보는
영상과 사진을 루틴에 따라 돌려보는 용이다. 그리고 토요일

낮에 외식을 원할 때는 컴퓨터와 태블릿이 할 일을 그대로 진행시켜 두고 나간다.

전기세 드니까 끄고 나가자고 하면 난리가 난다. 외식할 때는 식당에서 폰으로 먹방을 켜놓고 식사를 한다.

집으로 돌아와서 바로 옷을 갈아입고 화장실로 가서 양치를 하고 책상 의자에 앉는다. 그리고 다시 심즈 게임을 하면서 백 사운드로 태블릿에 켜놓은 영화를 감상한다. 그렇게 즐거운 시간을 보내고 5시에 저녁을 먹는다. 저녁을 먹고 냉장고에서 간식을 찾아 먹거나 음료를 제조해 먹으면서 게임을 한다. 9시에 잠자리에 들어야 하기 때문에 8시 50분쯤에 컴퓨터와 태블릿을 끄고 양치를 한 후 잠자리에 드는데 이때 인공지능 기가지니에게 자장가를 틀어달라고 요구한다. 기가지니가 한나씨의 목소리를 잘 인식하면 금방 잠자리에 들고 만약 인식을 못 하면 한바탕 기자지니와 상호 작용을 한 후("기가지니! 음악 틀어줘!", "네? 잘 못 들었어요"의 무한 반복) 원하는 자장가를 들으며 잠자리에 든다.

한나씨의 루틴으로 인해 나는 내가 원하는 잠을 포기한다. 요즘처럼 바쁠 때는 잠을 적게 자는 게 오히려 좋기도 하다. 복지관 프로그램을 월화수목금 계속하고 와서도 쉬는 날 자발적으로 또 프로그램을 만들어 규칙적으로 생활하는 자폐 한나씨. 뒹굴뒹굴 한나씨였으면 내가 얼마나 힘들었을까, 생각만 해도 끔찍하다.

자발적 루틴 대마왕 한나씨 최고다.

위의 일기를 읽고 쓰는 글

위의 일기는 정말 손댈 곳 없이 완벽하다. 하지만 세상에 완벽한 것은 없는 법.

> **사라**　올해 최고의 반전.

한나씨의 루틴에는 가족들의 희생이 따른다. 일기 내용을 보면 한나씨 본인은 매우 완벽한 하루하루를 보내고 있다. 하지만 그렇게 완벽한 한나씨를 참아주는 가족이 있다는 사실.

한나씨가 7시에 일어나면 쿵쿵거리며 화장실에 가서 물소리를 내고, 운동할 때 입을 적절한 옷을 찾는다고 온 서랍을 뒤집어 놓고, 운동에 적당한 음악을 크게 틀고 쿵쾅거리며 기본 30분을 운동한다. 이때 토요일 오전에 늦잠을 자고 싶거나 (무엘) 늦잠을 자야 하는 가족(사라)은 한나의 자폐 성향에 도

전한다.

아무리 시끄러워도, 음악이 귀에 들려서 짜증이 난다 해도 눈을 감고 잔다. 아니면 자는 척을 한다. 그것도 아니면 필사적으로 누워 있다. 나도 젊을 때는 필사적으로 누워 있었으나 요즘은 너무 바쁘고 나이도 들어서 모든 것을 포기하고 일어난다.

음악이 너무 크거나 한나가 루틴 때문에 억지로 운동한다는 느낌이 들면 "이제 샤워해"라고 말한다. 그럼 한나씨는 "안 돼, 운동 중이야!!!"라고 화를 낸다. 그럼 나는 한 번 더 말한다. '이제 그만해도 된다' 같은 말을 하는 게 아니다. 그러면 안 된다. "이제 운동 끝!!"이라고 말한다. 그러면 한나는 "끝?"이라 하고 샤워하러 간다.

한나씨는 12시에 점심을 먹는다. 그럼 토요일 11시 50분쯤부터 "아, 배고파"라고 말한다. 엄마한테 점심 준비하라고 신호를 보내는 것이다. 와, 진짜 생각해 보니 김한나, 와 자폐 맞냐.

사라　　한스라이팅ㅋㅋ

아무튼 그렇게 한나씨는 점심을 먹고 4시 50분쯤 되면 또 "아 배고파"라고 말한다. 어처구니없는 김한나씨는 자폐라고 하기에는 너무 약아빠진 사람이다. 그래서 김한나는 자폐다.

 진성

삭제 버튼 한나씨

한나에게 따로 컴퓨터를 가르쳐 준 적이 없지만 어느 날부터 한나는 컴퓨터를 제법 능숙하게 다루고 있었다. 그리고 우리는 별로 놀라워하지도 않았다. 한나는 당연히 그 정도는 할 수 있다고 예상하고 있었던 것 같다.

당시에는 1인 1컴 시대가 아니었기에 집에 컴퓨터라고 해 봐야 내 것 하나뿐이었다. 아내도 따로 가지고 있지 않았던 것으로 기억한다. 그래서 한나에게 가끔 내 컴퓨터로 놀게 해주었는데 그게 화근이었다.

나는 매일 하루에 최소 12시간 이상 예배를 위한 설교 원고를 작성한다. 특히 토요일은 18시간 강행군을 할 때도 많은데 그렇게 몰두해서 원고를 쓰다 보면 중간에 깜빡 잊고 저장을 하지 않고서 잠시 자리를 비울 때가 있다. 그래봐야 화장실 가는 시간이니 1분도 채 되지 않는다.

그런데 어느 날 원고를 열심히 쓰다가 화장실에 다녀오니 한글 프로그램이 닫혀 있는 것이 아닌가. 얼른 프로그램을 다시 켜보았더니 작성하던 원고가 없었다. 급히 휴지통을 열어 보았더니 거기도 없었다. 혹시 전원을 강제로 끈 것 아닌가 싶어서 보았더니 임시 파일도 없었다.

한나가 자기가 그린 그림을 보려고 한글 프로그램을 닫으면서 '저장 안 함'을 누른 것이었다. 아무것도 모르는 한나에게 뭐라 할 수도 없고, 잘못은 오로지 자동 저장 설정을 하지 않은 나에게 있었다.

다시 컴퓨터를 켜고 8시간 넘게 작업하던 내용을 다시 떠올려 보려 했더니 아무 생각도 나지 않았다. 하나님께 애끓은 참회의 기도를 드리고 아예 처음부터 설교 준비를 다시 했던 기억이 있다. 그리고 이와 같은 사건은 이후에도 여러 차례 반복되었다.

그때마다 놀랍게도 나는 자동 저장을 하지 않은 채로 원고를 쓰고 있거나, 하필 그날따라 메모장에 열심히 글을 쓰고 있었다. 그리고 한나는 정확히 그런 날 기가 막히게 내가 작성하던 원고를 삭제했다. 그래서 나는 지금도 한글 프로그램으로 원고를 쓰지 않는다. 이제는 아예 자동으로 실시간 저장이 되는 구글 문서를 사용한다.

원고가 지워진 건 단 한 번도 한나의 잘못이 아니다. 내 잘못이다.

사라	아빠가 잘못했네~
소영	혈압 올라서 쓰러질까 봐 살짝 걱정한 적 있음ㅋㅋㅋ(속으로 겁나 웃음)
무엘	한나 누나가 아니어도 날려 먹은 적 있잖아.
사라	비겁하게 팩트로 맞서지 마라.

한나는 먹고 싶은 것이 있을 때 이렇게 묻는다
엄마~
오늘 뭐 먹지~?
저녁을 준비해야
하는 사람

아니면 이렇게 말한다
오늘 저녁은 피자?

오늘 저녁은 피자?
아니라니까

원하는 대답이 나올 때까지 묻는다
압박
오늘 저녁 피자?

이제는 많은 발전을 해서 이렇게 말하기도 한다
한나 뭐 먹을래~?
저번에 먹었던 거

오- 오-?
ㅋㅋㅋ
자폐 아닌 줄
ㅋㅋㅋ
말 잘하네

얼마 전, 아빠의 생일(8월 30일)에는
ㅋㅋㅋ
ㅋㅋ
누군가의 생일
= 외식하는 날
(설렘)

이렇게 말하기도 했다
자ー자ー
오늘은 보쌈이나
시켜 먹자

서울에서 소식을 접한 언니도 같은 반응 ㅋㅋ

계속해서 발전하는 한나! 굳!

어렸을 때 울고 떼쓰기만 하는 한나에게
힘들게 가르쳐 주었던 "오늘 저녁은 ~야"라는 말을
아직도 사용하고 있는 것이랍니다

요즘은 "~이 먹고 싶어요"라고 말할 수 있도록
심화 버전을 가르쳐 주는 중!

Mission 6.

장애인 비하에 맞서기

 **사라**

그건 중학교 때 일어난 일이었다. 막 전학을 온 상태라 친구도 몇 명 없었을 열다섯 살 때의 일.

지금도 그렇듯, 그때도 장애인 비하를 욕으로 사용하는 사람들이 많았다. 이건 왜 시간이 지나도 잘 안 고쳐지는지 한탄만 나온다. 그때 내가 봤던 광경은 어떤 여자 일진이 자신의 남사친에게 "야, 이 장애인 새끼야~ 자폐냐?" 하면서 깔깔거리며 웃는 것이었다. 그래서 난 그 여자애를 멍하니 쳐다봤다. '와– 이걸 어디서부터 지적해야 하지?'라는 생각이 들었기 때문이다.

난 하교 시간에 쪽지 하나를 적었다. '장애인이라는 말은 욕으로 안 썼으면 좋겠어. 내 동생이 자폐 1급 장애인이거든.' 아주 짧지만 굉장히 구체적인 내용의 쪽지였다. 일진은 쪽지를 읽더니 뒤도 돌아보지 않고 하교해 버렸다. 보복 같은 건 두렵지 않았다. 일단 싸우면 내가 이길 것 같았다. 난 힘이 세고 덩치가 컸고 지역 대회이긴 해도 태권도 겨루기 대회 동메달리스트 출신이니까. 게다가 당시의 난 약간 벌꿀오소리 재질의 학생이었다. 사자건 뱀이건 치타건 상관없이 빡치면 달려드는 마이웨이식 벌꿀오소리처럼 난 일진 같은 걸 무서워하는 편이 아니었다. 그래서 별생각 없이 나도 하교를 했다.

다음 날, 내 책상 위에 편지 같은 쪽지가 하나 놓여 있었다. 그 일진이 쓴 것이었다. '미안해. 몰랐어. 앞으론 안 그럴게. 정말 고의가 아니었어.' 귀여운 일진이었다.

물론 세상은 험악해서 귀엽지 않은 사람들도 꽤나 많다. 내가 전교 10등 안에 들면서 성적으로 명성을 떨치고 있을 중학교 1학년 때, 또 다른 사건이 있었다. 이번엔 일진이 아니었다. 바로 선생님이 장애인 비하를 수업 시간에 한 사건이었다.

그때 반에는 나와 아주 친한 친구가 있었다. 최지수였다.

지수는 운동부였고, 공부를 많이 하지 않는 스타일이었다. 그녀는 초등학교 때부터 나와 굉장히 친했는데, 앞의 에피소드에서 보았듯 한나를 자주 지켜주었기 때문이었다.

어느 날, 영어 수업 시간에 지수는 늘 그랬던 것처럼 엎드려서 꿀잠을 자고 있었다. 그리고 영어 선생님이 지수를 일으켜 세워 영어 문장을 읽게 했다. 여기까진 평범한 학교생활 이야기다. 선생님도 그럴 수 있다고 생각하고, 지수도 그럴 수 있다고 생각한다. 선생님은 학생을 교육할 의무가 있으니 수업 시간에 집중하지 않는 학생에게 화가 날 수 있고, 지수는 가만히 앉아 수업을 듣기에는 심신이 너무 지친 상태였으니까. 물론 선생님은 지수보다 인생을 오래 산 사람으로서 그녀를 더 인도적인 차원에서 지도할 수도 있었겠지만, 당시에는 공부 안 하는 학생이 뻔히 그 문장을 못 읽거나 문제를 못 풀걸 알면서 일으켜 세워 공개적으로 망신을 주는 게 당연하다고 생각되는 시기였으니 말이다.

하지만 여기서 끝이 아니었다. 지수는 당연히 선생님이 읽으라고 한 영어 문장을 읽지 못했다. 그리고 선생님은 마치 맹수가 사냥감이 가까이 올 때까지 가만히 기다리다 공격한 것처럼, 지수를 "저능아"라고 쏘아붙이며 장애인 비하와 성장기

학생의 자존감에 큰 스크래치를 내는 발언을 동시에 했다. 그리고 선생님은 지수와 비교할 모범생을 찾기 위해 나를 호출했다.

"김사라. 부반장, 네가 일어나서 읽어봐라."

선생님은 잘못 생각하셨다. 물론 내가 당시에 부반장도 맞고, 전교권에서 놀던 모범생도 맞고, 심지어 과거에 이 학교에서 우리 아버지가 교육 목사로 일하기도 해서 '목사님 딸'이라는 타이틀이 당당히 내 이마에 붙어 있기도 했다. 그러나 난 벌꿀오소리 재질의 인간이었다. 선생님께 항상 예의 바르게 행동했던 건 선생님이 무서워서가 아니라, 딱히 안 그럴 이유가 없어서였다. 난 그날 선생님에게 엄청난 분노를 느꼈고 그건 내 행동으로 옮겨졌다.

난 선생님이 지시한 문장을 단 한 글자도 읽지 않았다. 무슨 생각으로 그랬는지는 모르겠지만, 확실한 건 본능적으로 행동했다는 것이다. 선생님은 의외라는 반응이었고, 화가 나서 얼굴이 붉으락푸르락했지만, 그다음 내 대사에 얼굴이 거의 터질 정도가 되었다.

"못 읽겠는데요. 제 동생이 자폐고, 제 친구가 저능아라가꼬."

선생님은 분필을 바닥에 집어 던지며 극대노를 표출했다.

그리고 교무실로 당장 따라오라고 했다. 아마 혼쭐을 내주며 교육과 훈육을 할 예정이었던 것 같다. 당연히 난 교무실로 따라가지 않았고 이후 그 선생님의 수업을 듣는 것을 거부하는 의미로 무단결석을 했다. 장애인을 비하하는 선생님은 누군가를 교육하고 훈육할 자격이 없으니까.

> **진성**　보니까 또 열받네.
>
> **소영**　장애인에 대한 예의가 없다.
>
> **무엘**　교육하는 사람이 교육이 잘 안 되어 있네요.

 소영

지금부터 장애인 비하 부문 최강 이야기를 들려주겠다. 한 십몇 년 전에 운전면허를 따기 위해 운전학원에 등록했을 때 일어난 이야기다. 이론 시험을 치기 전에 강의를 들었는데, 거기서 나는 아주 적나라한 장애인 비하를 하는 강사를 보았다.

여자 장애인들은 자궁을 들어내야 한다는 말을 하는 미친 강사였다. 단지 운전면허 학원의 이론 강사였던 그 사람이 그

말을 하는 순간, 나한테는 더러운 입을 가진 악마로 보였다.

가끔 나는 그 강사가 생각난다. 장애인 비하 경험 중에 정말 잊지 못할 경험이었기 때문이다. 그 사람의 말은 정말 추악한 대사였다. 나는 이 말을 아무한테도 한 적이 없다. 혹여나 이 말을 들은 사람이 다른 곳으로 옮길까 하는 걱정이 들었다. 이런 장애인 비하는 매우 위험하다. 여자 장애인에 대한 인권과 가치관을 대놓고 무시하며 비하하는 말이다.

말을 할 때 어디까지가 장애인 비하고, 어디서부터 장애인 비하가 아닌 게 되는 걸까? 장애인이라는 단어를 남을 위로하거나 웃기기 위해 쓰는 사람이 많다. 우린 저렇게 안 태어났으니 얼마나 다행이냐는 둥, 저런 사람도 사는데 힘내라고 하는 둥…. 본인이 하는 말이 장애인 비하인지도 모르고 뱉는 사람이 많다.

장애인 비하는 우리가 인지하지 못하는 상황에서 자주, 그것도 매우 자연스럽게 발생한다. 가끔은 장애인 비하를 해놓고는 내가 화내면 '당신을 위로하려고 했던 건데 그냥 좋게 들고 넘기라'는 식의 반응을 하는 사람들도 있다.

나를 위로하려고 장애인을 들먹이는데 그냥 넘기라는 반응을 내가 그냥 넘길 리가 없다. 스스로 인지하지도 못한 채 장애인 비하를 하는 스타일이라면 내 앞에서는 모두 말조심했으면 좋겠다. 나한테 손절당할 수 있다.

> **사라** 손절ㅋㅋㅋㅋㅋㅋ 당할 숙ㅋㅋㅋㅋㅋㅋㅋ
>
> **진성** 학창시절 교우관계를 먹이사슬로 인식하며 약한 애들을 위안거리로 삼던 놈들이랑 똑같음.
>
> **무엘** 시대를 조금만 늦게 태어났으면 몰매를 맞았을 텐데.

진성

장애인 비하는 장애인에 대한 무지로부터 시작된다.

한나가 겨우 여섯 살이 되었을 무렵, 갑자기 집으로 전화가 왔다. 전화 속의 목소리는 한나에 대해 제법 잘 알고 있는 사람이었다. 내가 부임 설교에서 나의 둘째 딸이 자폐라고 말했기 때문이다. 그 사람이 누구였는지 정확히 기억은 나지 않지만 아마 그곳에 앉아 있던 교인 중 한 명이 전화를 하지 않았을까 추측해 본다.

그 사람은 수화기 너머로 이렇게 말했다.

"목사님 아이에게 장애가 있는 것이 마음 아프다. 그러나 거기에 하나님의 뜻이 있다고 생각한다."

나도 여기까지는 동의했다. 문제는 그다음이다.

"내가 아는 기도원 원장이 신유⚡의 은사인데 그분이 기도하면 아이가 나을 것이다."

나의 대답은 이것이었다.

"나는 그런 방식으로 한나를 낫게 할 마음이 없다. 하나님께서 한나를 낫게 하실 거면 알아서 낫게 하실 것이고, 나아야 한다면 병원을 통해서일 수도 있고, 다른 경로일 수도 있다고 생각한다. 그리 아니하실지라도 하나님은 한나를 통해 우리에게 은혜를 경험하게 하실 것이라 괜찮다. 그리고… 난 한나를 위해 정말 매일 기도하고 있다."

그랬더니 그쪽에서 뜻밖의 대답이 들려왔다.

⚡ 신의 힘으로 병을 낫게 하는 것을 의미한다.

"당신이 죄가 많아서, 회개를 안 해서 애가 그런 건데 아직
도 회개하지 않으니 애가 계속 그럴 것이다. 하나님 앞에 회개
하라."

회개하라는 말은 마음 깊이 울렸다. 하지만 그 사람이 했던
말은 모두 틀렸다고 생각한다. 그래서 이렇게 말했다.

"하나님이 나를 벌주려면 나를 괴롭히면 되지, 왜 죄도 없
는 온 가족을 다 괴롭게 하겠나. 그것 때문에 하나님께 한두
번 물었는지 아느냐. 잘 알지도 못하면서 함부로 떠들지 말고
신앙 생활이나 똑바로 해라!"

고래고래 소리를 지르고 부들부들 떨며 전화를 끊었다. 장
애에 대하여 얼마나 무지하면 그런 말을 할까, 하는 생각이 들
었다.

나는 그 사람이 다시 똑같은 내용으로 전화를 해도 부들부
들 떨면서 소리를 지를 것 같다. 하지만 전화를 끊고 마음을
좀 진정시킨 이후에는 그 사람을 위해서 기도할 것이다. 하나
님께서 편견을 내려놓을 기회를 그 사람에게 주시기를…. 그
래야 그 사람이 또 다른 사람을 공격하는 걸 멈추지 않겠는가.

 무엘

“어, 장애인이래~~”

놀랍게도, 이건 한나 누나가 직접 한 말이다.

무언가를 의도해서 나온 말은 아니고, 우리가 흔히 듣는 한
나 누나의 ‘헛소리’ 중 하나일 뿐이다. 이 헛소리라는 것은 어

떤 애니메이션이나 영화를 보고 따라 하는 말들*인데, 다른 사람의 말을 듣고 따라 하는 경우도 있다. 그러니까 저 말은, 누군가 본인을 보고 한 말을 따라 했다는 것이다. 기분이 썩 좋지 않았다.

학교에서 친구들은 '장애'라는 단어를 함부로 쓴다. 욕으로도 쓰고 비하로도 쓴다. 너무 많이 들어서 그냥 체념했다. 하지만 문제는, 장애인 비하를 학교의 친구들뿐 아니라 교사도 한다는 것이다.

그때 그 선생님은 평소에도 도서관에 학생들을 데려가 책을 읽게 하고 수업을 하지 않는, 내가 보기엔 '게으른' 선생님이었다. 일명 수업을 '꿀 빠는' 선생님이라고 할 수도 있겠다. 그러면 학생들은 책상 위에 드러누워 있거나 책을 안 읽고 버티는 경우가 발생했다. 그런 상황에서 수업이 끝나고 선생님이 이런 말을 했다.

"야, 장애인들아. 가자."

학교에서 학생들이 장애라는 말을 비속어처럼 쓰는 게 지

---

*　가족들이 한나씨에게 어려운 용어를 쓰는 대신, '헛소리 하지 마'라며 한나씨가 실생활에서 돌발적으로 뱉는 문장을 교정하기 위해 쓰는 말이다.

긋지긋해 죽겠는데 교사가 그런 말을 하니 열이 안 받을 수가 없었다. 그래서 집에 가서 이 어이없는 사실을 아빠에게 전하고 교무실에 전화했다. 일이 그렇게 끝났다. 이게 공무원의 수준이냐고!

사라 나 때는 그렇다고 치지만 2010년대 들어서도 이런 일이 있었다는 건 진짜 미개하다.

소영 이 이야기를 듣고 당시에 화가 많이 났는데 내가 장애인 부모라서가 아니라(이건 비장애인 부모가 들어도 어이없는 일이길…) 정말 선생님이라는 사람의 입에서 그런 말이 나오는 게 이해가 안 돼서였다. 그 교사는 분명히 교사라는 직업이 싫은 거다. 하루빨리 교사라는 직업을 관두고 정말 좋아하는 직업을 찾아야 할 텐데…. 장애인 연대에 고발할걸.

진성 이런 사람은 교단에 설 자격도 없어. 이건 인권 침해도 인격 비하도 아니라 팩트 체크야. 앞으로도 저런 경우가 발생하면 나는 지체하지 않고 그 사람에게로 달려갈 거야.

Mission 7.

 **소영**

한나가 아픈 것을 왜 빨리 눈치채지 못할까. 왜 열이 많이 올라야 그제야 병원에 데리고 가고…. '나는 정말 둔하구나'라며 핑계를 댄다. 둔한 게 무슨 핑계인지. "제가 좀 둔해요." 이런 말 정말 그만해야겠다.

사실 나는 눈치가 매우 빠르고 타인의 감정을 잘 알아차리는 거의 무당급의 신통력을 가지고 있다. 그런데 또 그런 것들이 소용없는 게 내성적인 성격 탓에 속앓이로 끝나는 경우가 많다.

"속앓이로 끝날 거면 다른 사람의 감정을 읽을 필요가 없잖아."

남편은 이렇게 말한다. 남편 말이 맞다.

> **사라** 내가 진짜 둔한데.

한나는 종종 나를 가스라이팅한다. 아픈 것을 빨리 눈치채지 못할 때는 한없이 부족한 엄마가 되어 우울해지고, 내가 돌봐주지 않아도 되는 영역이 넓어지면 넓어질수록 자폐가 있는 한나를 잘 키운 멋진 엄마가 된다. 난 멋진 엄마가 되고 싶다. '아픈 걸 눈치 못 챌 수도 있지'라고 생각하는 쿨한 엄마도 되고 싶다. 난 다 하고 싶다.

> **사라** 엄마는 이미 다 갖춘 엄마야. 미모까지.
> **진성** 당신이 둔할 땐 내가 예민하지. 아픈 건 내가 더 민감하니까.
> **무엘** 속앓이를 오래 하지 마. 겉앓이로 번질 수가 있어.

 **사라**

2005년 1월 2일, 초등학생 김사라의 일기

(엄마가 운영하던 한나 이야기를 업로드하는 인터넷 카페에서 발췌한 내용이다.)

제목: 오토바이(오바이트)

한나가 오바이트했다. (토하는 거.) 우욱~~ 구역질 난다 —,.—;; 무슨 오바이트가 그렇게 주룩주룩 내린대 ——;; 하여튼 불쌍하다. 나도 한 번 해봤건만….

왜 이렇게 웃긴 걸까? 얼굴은 허옇게 변했는데 배는 여전히 나왔다ㅋㅋㅋㅋ (앗 웃으면 안 되는데….)

그런데 매일 배 아프면 침대에서 뒹구르다가 이불에 오바이트했는데 이젠 화장실로 달려간다…. 내가 오바이트할 때 화장실로 달려가 변기에 웩웩 하는 거 보고 그러나 보다.

그리고… 정말 배가 아픈지… 똥폼을 잡고… 침대에 있었다… 뒤에서 보면 그 빅스(Big's)한 엉덩이가 모든 것을 가렸다….

(중략)

다시 말해서… 간식으로 식빵을 먹고 몇 시간 후 얼굴이

허-옇게 되더니 침대 위에서 똥폼을 잡고 있다가 그 무겁고 큰 몸이 예상 외로 엄청나게 빠르게 가서 변기에 조디를 가따 대고 물 80퍼센트 내용물 20퍼센트가 되는 오바이트를 했다.

모두 기도해 주시길…. 근데….

왜
케
웃
길
까
ㅋ
ㅋ
ㅋ
웃
으
면
안
되
는
데….

(당시 엄마의 댓글: 네티켓을 지켜지켜라 ^)^ 오바…ㅋㅋ)

현재, 일기를 보고 난 후 소감

일단 열받는 포인트가 한둘이 아닌 점이 놀랍다. '오바이트(overeat)'는 '과식하다'라는 뜻의 영단어이며 이를 일본식으로 표현해서 뜻이 잘못 전달된 것이다. 주로 '토하다'를 '오바이트하다'라고 잘못 써왔는데, 이를 그대로 쓰는 나의 모습이 너무나도 웃기다. 게다가 제목에 '오바이트'라고 적지 않고 또 그새를 못 참아 '오토바이'라고 적어놓고는 사람들이 이해 못할 것을 고려해 괄호를 굳이 열고 닫으며 '오바이트'라고 정정해 놓은 것도 어이가 없다.

게다가 동생이 아파서 얼굴이 하얗게 질려 토하는 과정을 생생하게 담아내며, 이에 대해 구역질 나는 감정과 불쌍한 감정이 교차하는 지점을 그대로 묘사한 것이 매우 인상적이다. 본인도 저런 상황을 겪어봐서 얼마나 힘들지 공감이 가는 사려 깊은 맏딸의 모습과 그래도 그게 웃겨서 웃어버리는 찐 자매의 모습, 한나가 배가 아파 배를 부여잡고 엉덩이를 높게 올린 채 머리를 침대에 박고 있는 모습을 '똥폼 잡는다'라고 표현해 버리는 초딩의 모습, 한나의 자세를 바로 뒤에서 보며 한나의 엉덩이가 자신의 시야를 가리는 상황을 문학적으로 표현하는 필력 꿈나무의 모습, 그리고 어쨌든 간에 동생이 걱정

되니 기도해 달라고 하는 언니로서의 모습, 마지막으로 잦은 엔터를 치며 게시글 도배를 해버리는 초딩 잼민이의 모습까지…. 어느 하나 거를 타선이 없는 글이 굉장히 감명 깊다.

웃긴 건, 내가 썼던 글에서 표현한 '그 빅스한 엉덩이'는 아직도 눈앞에 선명하다는 것이다. 한나가 너무 걱정되어 배를 부여잡은 채 무릎을 꿇고 엎드려 있는 그녀에게 다가가 침대에 앉았는데, 내 시야에 너무나도 꽉 차버린 한나의 뒷모습이 아직도 강렬하게 머릿속에 박혀 있다.

역시 과거의 일기를 읽는 것은 매우 재밌는 일이다. 저 때도 한나를 걱정하고 웃겨 했다니… 지금과 똑같다. 지금도 한나가 아프면 걱정과 동시에 웃음이 난다. '큰일이 나진 않겠지. 별일 아니어야 할 텐데…' 하는 걱정과 '근데 재 표정 좀 봐' 하는 웃음이 말이다.

누구나 그렇듯, 아프면 할 수 있는 게 딱히 없다. 병원을 가고, 약을 먹고, 푹 쉬는 것밖엔. 노력으로 어찌할 수 없는 삶의 여러 가지 것들 중 하나가 바로 '아픈 것'이다. 다만, 아플 때 우리는 누군가에게 도움을 요청할 수 있다. 아프니까 약 좀 사다 줘, 병원에 데려다 줘, 간호해 줘 등. 요청하지 않아도 우리는 누군가가 아프면(그 사람이 부모의 원수 같은 포지션만 아니라면) 자연스럽게 우리는 도움을 준다. 약을 사다 주고, 병원에 데려다 주고, 간호를 해주면서 말이다.

아프다는 것은 일상생활에 불편한 부분이 생긴다는 뜻이다. 일하거나 공부하는 데도 장애물이 되고, 남들과 어울리기도 쉽지 않다. 오죽하면 '놀 수 있으면 살 만하다는 뜻'이라는 말도 나왔겠는가. 가짜 병가(조퇴)와 진짜 병가의 구분은 집에 도착했을 때를 보면 알 수 있다는 말도 있다. 그러니, 아프다는 것은 모든 생활에 애로 사항이 생긴다는 뜻이다.

나는 어렸을 때 한나가 정확히 무엇 때문에 저렇게 행동하는지 이해하지도 못했고 다른 동생들은 어떻게 행동하는지도 알지 못했다. 그때 부모님은 나에게 한나에 대한 설명을 아주 알아듣기 쉽게 해주셨다. '한나는 이상한 게 아니다. 한나는 아픈 거다. 그래서 도움이 좀 필요한 거다.'

우린 아픈 사람들을 돕는다. 물론 요즘에는 누군가와 싸울 때 '머리 아프세요?'라든지 '어디가 아픈 인간이다'라든지 하는 말로 또 한 번 한나 같은 사람들을 표현하는 말이 희화화되거나 이상한 초점이 만들어지긴 했지만… 어쨌든 대부분의 사람들은 약자를 돕는다. 감기에 걸린 사람에게 좋은 약을 추천해 주고 병원에 가라고 조언해 주듯, 생리통 때문에 끙끙 앓는 여학생이 피구 시합을 안 뛰어도 되게 조치해 주듯, 휠체어를 탄 사람이 있다면 엘리베이터에 먼저 탈 수 있게 양보하듯 말이다. 다리를 크게 다쳤을 때 한 달 정도 휠체어를 타거나 목발을 짚고 다녔는데, 모르는 사람들에게 정말 많은 도움을 받았다. 자리를 양보해 주고, 엘리베이터에서 문을 잡아주고, 내리막길에서 함께 내려가 주는 사람들 말이다. 한나는 약자다. 우리 가족은 늘 한나를 살핀다. 약자는 늘 보살핌이 필요하고 도움이 필요한 존재이기 때문에 그렇다. 한나는 자신이 아플 때 말로 표현하지는 않지만 우리는 늘 한나를 주시하고 있기 때문에 그녀의 상황을 알아챌 수 있다. 물론 직접 말해서 알게 되는 것보단 느리겠지만 말이다.

이게 포인트다. 약자의 아픔은 비장애인들의 아픔보다 훨씬 느리게 포착된다. 둘 다 똑같이 아플 테고 서럽겠지만서도 약자의 아픔은 훨씬 느리게 반응이 온다는 뜻이다. 그래서 우리는 약자를 늘 보살피고 주시해야 한다. 결국 어느 사회에서나 약자가 생기기 마련이고, 자신은 절대로 약자가 될 수 없다는 생각은 무의미하니까. 단순히 생각하더라도, 나이가 들면 우리 모두가 약자가 되는 거다. 나이 들지 않는 사람은 없다. 그건 뱀파이어다. 그러니 약자가 잘 살 수 있는 세상을 만들어야 한다. 결과적으로는 그게 자기 자신을 위해서이기도 하다.

> **소영**　사라의 말이 너무 당연하다.
>
> **무엘**　찐 자매 모먼트가 웃기네요.
>
> **진성**　안 아픈 게 최고다.

 **진성**

한나는 아파도 루틴을 지킨다. 한나가 아플 때 가장 힘든 점은 표현이 잘 안 된다는 것이다. 그러니 우리는 한나를 항상 살펴야 하고 조금이라도 이상해 보이면 바로 대처해야 한다. 물론 물어봐도 소용은 없다. 거의 대답을 하지 않거나 "아니야!"라고 하는 게 전부이기 때문이다.

신종플루로 인해 한나가 정말로 아플 때가 있었다. 한나가 초등학교 5학년 때의 일이다. 온 세상이 신종플루의 공포에 떨고 있을 때 우리 가족은 서울 시내 한복판에 살고 있었다. 나중에 들은 이야기지만 지금 우리가 살고 있는 통영은 신종 플루를 신경도 쓰지 않았다고 한다.

하지만 서울의 한복판은 달랐다. 사람들이 겁에 질려 있었고, 신종플루의 증세도 매우 강력했다. 그런데 한나가 신종플루에 걸렸다. 고열에 시달렸고, 며칠간 침대에서 내려오지도 못했다. 한나가 식음을 전폐하고 침대에서 꼼짝도 못 하는 모습을 본 것은 그때가 처음이자 마지막이었다. 정말로 많이 아프면 한나도 식음을 전폐한다는 사실을 그때 처음 알았다.

두려운 마음으로 지켜보며 기도했는데 다행히 한나는 3일 만에 자리를 털고 일어났다. 코로나 때는 그때에 비하면 약과였다. 물론 코로나에 걸렸을 때도 아프기는 많이 아팠다.

한나는 아무리 아파도 자기 루틴을 지킨다. 배탈이 나도 식사를 하려 하고, 구토가 나도 끼니를 거르지 않으려 하고, 몸살과 오한이 들려도 운동을 하고 샤워를 하려 한다. 자폐니까.

이럴 때 참 힘들고 마음이 아프다. 자폐인이니 그런 것을 알지만 그래도 안타깝다. 한나가 아플 때마다 아프다고 표현할 수 없다는 것이 참 큰일이라는 생각을 한다. 그래도 한나는 매우 건강하다. 가끔 과식으로 배탈이 날 때도 있고, 알레르기로 인해 환절기 때마다 콧물이 자주 흐르지만 그래도 건강하고 명랑하고 씩씩하다. 이제는 삼십 대인 한나가, 무럭무럭 성장하던 그 시절처럼 건강을 잘 지켜주었으면 하는 바람이다.

> **사라**　신종플루 정도는 돼야 김한나의 식음을 막을 수 있는 거군….
>
> **소영**　신종플루 때 식판에 밥 챙겨서 줬는데 잘 먹긴 했음.
>
> **사라**　그럼 신종플루도 못 막는다는 거군….
>
> **무엘**　이래서 마스크가 중요하다.

 무엘

　한나 누나가 아플 때 가장 걱정되는 것은 표현을 안 한다는 점이다. 아픈데 아프다고 말을 안 하는 건 당사자도, 주변 사람도 힘들게 한다. 그런데 어쩔 수 없다. 한나 누나는 원래 그런 사람이니까.

　그래도 몸이 아플 때 나오는 일반적인 증상이 있는 경우에는 우리가 알아차리고 병원에 데리고 가면 된다. 예를 들면 감기 같은 경우 지속적으로 기침을 하고 가래가 나온다. 이런 건 우리가 알 수 있는데, 복통이나 두통은 조금 애매하다. 그래도 이 정도까지의 표현은 어렵지만 가능하기는 하다. 더 어려운 경우는 없다. 누나가 정말 많이 아프다 싶으면 그렇게 싫어하는 '병원 가서 주사 맞기'를 하려고 한다. ("아, 병원 가서 주사 맞아야지.") 그리고 누나는 강철 바디를 갖고 있기 때문에 웬만해서는 빨리 낫는다. 약 28년 동안 입원 한 번 한 적 없다.

사실 코로나 때는 한나 누나가 코로나에 걸리는 것보다 엄마가 걸리는 것이 더 염려되었다. 한나 누나는 몸이 아파도 약을 먹고 곯아떨어지거나 심즈를 한다. 근데 엄마는 아프면 인상을 빡 쓰고 앓으면서 침대에 누워 있기 때문이다. 참 어렵다. 한 명은 아프면 표현이 안 되고 한 명은 온몸으로 고통스러워한다. 그냥 다 같이 안 아픈 게 최고다. '차라리 내가 아팠더라면' 같은 생각은 안 한다. 가족은 한 명이 아프면 모두가 아프기 때문이다. 불필요한 희생은 바보들이나 하는 짓이다.

언니의 편지

언니 사라가 가족에게 보내는 편지

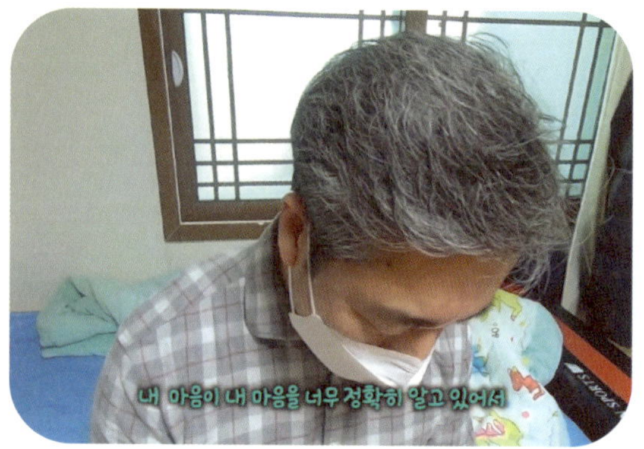

예상 못 한 편지에 감정이 살짝 차오르신 아버지

아빠

생각해 보니 어릴 때 빼곤 편지를 써본 기억이 없어서

편지지도 남아도는데 서른 살 된 기념으로 한 번 써봅니다.

아빠는 내게 늘 최대보다 더 큰 말을 줘요.

늘 느끼지만 특히 좋은 일이 생겼을 때 더 최대치의 마음을

줘요.

⚡ 유튜브 채널 '자폐한나씨'에 업로드된 영상 "사라언니의 편지가 가족들 울렸다(한나씨 빼고)"에 나오는 편지를 담았다.

손가락 다쳤는데 부러졌다고 거짓말 칠 때마다

속는 아빠의 모습이 웃기기도 하지만,

그 최대의 마음으로 달려오는 아빠가 보고 싶어서

거짓말을 치는지도 모르겠어요.

와드⚡리드줄이 공짜로 생겼다고 했을 때도

마치 내 드라마 편성이 통과된 듯 기뻐하는 그 말들이,

어쩌면 내 일에 내가 느끼는 마음보다

아빠가 느끼는 마음이 더 크겠다는 생각이 들어요.

서른 살 되는 동안 그 최대의 마음으로

키워주셔서 감사합니다.

성장(물리적인 성장)은 멈췄지만서도

앞으로 더 잘 커볼게요. 사랑해요.

2022. 2. 6. Sun. 사라 올림

⚡   사라가 키우는 강아지 이름

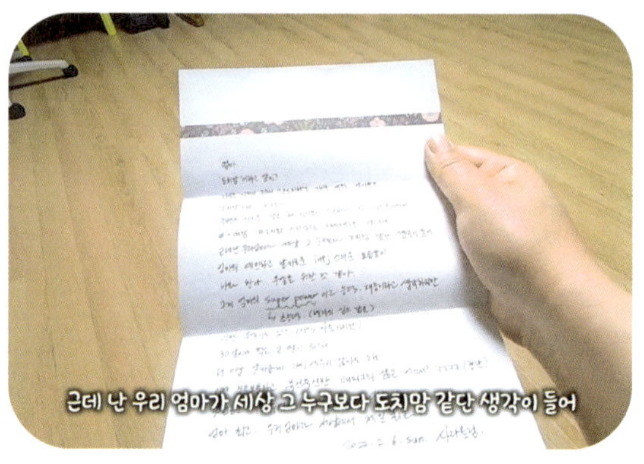

울까 봐 따로 몰래 읽으신 어머니

엄마

'도치맘'이라고 알지?

자식을 지키기 위해 고슴도치처럼 가시를 세우는 엄마들

을 '도치맘'이라고 하더라고.

주변에 아이를 낳은 내 지인들이 인스타에 아기 사진을 올

리면서 #~띠맘 #도치맘 이런 식으로 해시태그를 달더라.

근데 난 우리 엄마가 세상 그 누구보다

도치맘 같단 생각이 들어.

엄마의 예민하고 날카로운 INFJ스러운 모습들이

나와 한나, 무엘을 위한 것 같아.

그게 엄마의 Super power(초능력)이고

능력, 재능이라고 생각하지만

이젠 무엘이도 있고(아직 사춘기지만)

서른 살이나 먹은 큰딸이 있으니

더 이상 날카롭게 가시 세우지 않아도 돼.

이젠 보들보들하고 푹신푹신한 기니피그의 삶은 어때?ㅋ

ㅋㅋㅋ(장난)

30년 동안 키워주셔서 감사합니다. 사랑해요.

엄마 최고. 우리 엄마가 세상에서 제일 최고.

2022. 2. 6. Sun. 사라 올림

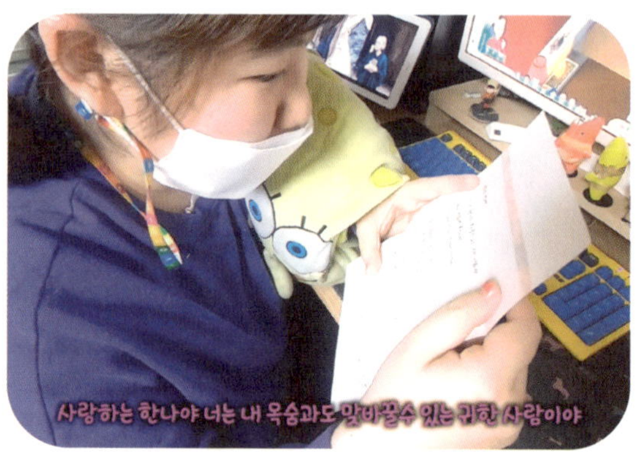

빠른 템포로 편지를 읽고 다시 심즈를 하려는 한나

사랑하는 한나야

너는 내 목숨과도 맞바꿀 수 있는 귀한 사람이야.

언제나 행복하면 좋겠지만 아직 언니가 여력이 안 돼서

미안하다. 조금만 참을성을 가지고 기다려.

너도 이제 성인이잖니? 성인 된 지 8년이나 됐잖니.

엄마 말 잘 들어라. 아빠 말도 잘 듣고.

땡깡 부리지 마.

땡깡 부리면 행신동 집에 출입 금지시킬 거야.

사랑한다, 내 동생.

2022. 2. 6. Sun. 언니가 (메롱)

통곡하느라 편지 낭독 실패한, 사라 누나의 수면 바지 입고 있는 막내

김삼열⚡

처음 너의 존재를 발견했을 때를, 누나는 잊지 못해.

안방에서 엄마 품에 안겨 있는 널 보러 들어가는데

혹여나 잠에서 깰까 봐

발끝으로 살금살금 들어가 널 구경했어.

연남동 아파트에서 홍대 지하철역 서점까지

일곱 살인 너를 업고 한겨울에 눈밭을 가로질러 가며

생각했어.

'아, 데려오지 말걸' ㅋㅋㅋ

⚡   사무엘의 태명

167

그래도 난 널 백 번이고 천 번이고 업고 갈 거야.

일곱 살이 아니라 이젠 열아홉 살이 된 너도,

난 거뜬히, 기꺼이 업고 갈 거야.

그때처럼 네가 "누나, 나 다리 아파"라고 하면

누나는 아무 조건 없이 맹목적으로 널 업고

그 거리를 걸을 수 있어.

넌 내게 그런 존재야. 알았지?

그러니 언제든 누나에게 다리가 아프다고 해도 좋아.

물론 내 입에서 말이 곱게 나가진 않겠지.

그래도 난 널 업을 거다.

그러니 엄마 아빠 말씀 잘 듣고 공부 열심히 해라.

2022. 2. 6. Sun. 누나 씀

만약에 한나가
좀비에 물리면 어떡할 거?
진ㅡ지

심각해지는 무엘쿤
한나 누나가
좀비에 물려...?
ㅇㅇ
심
각

엄마는 한나의 입장에서 생각해 보기
한나는 일단
좀비를 보면...
호기심이 막...
생겨가지고...

아빠는...
음...

아빠는 슬프다
나도 같이
물려야지
뭐...

에~?
그럼 서로 구분도
못 하고 안 되지

죽어도
같이 죽고
살아도
같이 살아

혼자 작게 중얼거리다 씹힘
한나 누나는 좀비에 물려도...
한나야!!

으헤?
※ 실제로 이렇게 대답함

한나야
좀비한테 물리면
어떡할래?
정색
안 물렸어.

전제를 부정하네ㅋㅋㅋ
ㅋㅋㅋ
ㅎㅎ
(그저 한나가 귀여운 아빠)

한나,
좀비 보고 뭐라 할래?

내일~
뭐 먹어?
하고 싶은 말만 하기

뭐라 할 거냐고
응?
포기는 없다
싫어
창과 방패

좀비야~
다음에 뭐라
할래?
?

물러서라!

역시 한나는 귀엽다
ㅋㅎ
ㅋㅋㅋ
ㅋㅋㅋ
ㅎㅎ
ㅋㅋ

한나 누나는
좀비에 물려도
별 차이 없을 것 같은데
※ 아까 못다 한 말 이어 함
힘이 더
세지지 않을까?

좀비가 한 마리는 아빠한테 달려들고 있고
한 마리는 한나 누나한테 달려들고 있어

근데 너한테 총이 한 발밖에 없어.
그럼 어떻게 할 거야?

그저 쓸데없는 상상이
즐거운 인간 →

다시
얘기해 봐

← 이해 못 함

아니서
김 빠짐 →

다시 설명 중
(화냄)
듣고 고민 중

아빠한테 온 좀비를 먼저 죽여
그럼 아빠가 한나를 구해

못 구하더라도 좀비인 한나를
우리가 이성적인 상태로
모두가 지키는 게
더 유리하지 않을까?

<논리적>

아아~

난 이렇게
생각했는데
만약
이런 상황이라면
나는...

여길 봐라
이 섀키들아
우선 내가
뛰어가서
좀비들의
시선을 끌고

좀비들이
이렇게
일자로
서면

한 발로 두 마리를
맞추는 거지

끊임없는 상상ㅋㅋㅋㅋ
그럼 만약 한나가 바퀴벌레가 된다면?
아빠는 또 슬프다

키워야지 통에 넣어서
결연

그 바퀴벌레도
루틴이 있겠지
ㅋㅋㅋ
푸핳 ㅋㅋㅋ
자폐인들은 정해진 루틴이 있다
(기상 시각, 운동이나 게임 스케줄 등)

ㅋㅋ
5시다 저녁!
오후 되면 배고프다 그러고?ㅋㅋ
※ 한나는 오후 5시에 저녁 먹는 루틴이 있다
심즈 하나?ㅋㅋ
ㅋㅋ
※ 한나는 게임하는
시간이 정해져 있다
심즈 팩 사줘

우린 그렇게 어떻게 하면 한나를 지킬 수 있을지
한참 이야기를 나눴다

한나가 좀비가 되든 바퀴벌레가 되든
우리 가족은 어떻게 한나를 지킬지
어떻게 계획을 짜고 보호할지
자연스럽게 상상하는 것이 재밌었다ㅋㅋ

185

Mission 9.

지금까지 한나 이야기를 했지만, 정작 '특공대'인 나머지 가족 구성원들의 개인적인 이야기는 하지 않았다. 이유는 간단하다. 우린 모든 개인적인 일들을 한나와 연결하는 경향이 있기 때문이다.

우리 가족은 모두 '덕후' 기질이 있다. 그리고 우린 이걸 어떻게 해서든 한나와 연결 짓고 싶어 한다. 이번 미션에는 우리가 덕질하는 세계를 어떻게든 한나에게 소개해 주고 싶은 마음을 담았다.

게임 덕후 엄마의 게임 세계

월화목금토일은 오후에 반드시 게임 심즈를 하는 한나씨.

심즈를 몇 년 했는지도 모르겠다. 정말 우리 애들은 뭘 하면 싫증도 안 내고 참 오래오래 꾸준히 한다. 하지만 한나는 심즈를 너무 많이 했고, 그래서 나는 한나가 다른 게임도 좀 했으면 하는 마음이 있긴 하다.

심즈라는 게임은 한나가 인터넷에서 우연히 찾은 게임이다. 그전에 비슷한 게임을 스스로 찾아서 한 적도 있었지만 100퍼센트 마음에 들어하진 않았다. '마인크래프트'도 그중에 하나였다. 오래 하지 않았다. 그러다 한나씨가 우연히 발견한 심즈 플레이 영상을 보며 모니터에 손가락을 가리키곤 "이거 해줘"라고 했고 심즈를 알고 있었던 나는 곧장 심즈와 게임팩을 사주었다. "당연히 해주지"라며.

솔직히 처음 봤을 때 내 입장에선 매우 재미없어 보였다. 하지만 심즈를 하며 매우 행복해 보이는 한나를 보면서 나는 생각했다. 아, 한나가 심즈를 통해 자신만의 상호 작용 방법을 실현해 보고 싶었구나.

한나는 몇 년 동안 심즈를 하면서 즐겁게 게임을 즐기고 있다. 그런데 너무 심즈에 몰입하는 한나를 보고 다른 게임도 좀 했으면 좋겠다 싶었던 차에 지난 명절 사라가 닌텐도 스위치를 한나에게 선물했다.

‘모여봐요 동물의 숲’이라는 유명한 게임과 함께 ‘슈퍼마리오’, ‘젤다’라는 게임도 있었다.

나는 ‘뿌까 레스토랑’이나 ‘클래시 오브 클랜’, ‘아이러브 커피’처럼 뭔가를 키우고 꾸며가는 게임을 매우 좋아한다. 그중 동물의 숲(동숲) 시리즈는 내가 예전부터 좋아하던 게임이었다. 닌텐도 스위치 이전 닌텐도 DS 시절부터 내가 아주 열심히 하던 게임. 한나가 동물의 숲을 하는 게 기대되었다.

하지만 한나는 마리오가 나오는 게임을 더 열심히 했고 동숲은 가끔 했다. 심즈는 마음대로 상호 작용하도록 만들 수 있지만 동숲은 아니다. 동숲은 절차를 밟아야 하는 게임이고 미션도 완료해야 한다. 사과를 상점에 가서 팔아야 하고 너구리의 의도를 알아야 한다. 박물관의 부엉이와 대화를 해야 하고 너구리에게 대출받은 금액을 갚기도 해야 한다. 캐릭터들과 상호 작용을 하면서 마을을 이끌어 나가야 하는 게임이다. 우리 가족은 한나가 동숲을 시작했다 하면 가서 훈수를 두는데 한나는 한두 개만 들어주고 거의 무시한다. 현실처럼 동숲에서 일어나는 상호 작용을 잘 이해하지 못한다. 자신이 하고 싶은 것만 한다. 예를 들어 낚시만 한다거나 사과만 딴다거나 디자인만 한다거나… 자기가 하고 싶은 것에만 집중한다. 현실과 아주 똑같다고 볼 수 있다. 나는 세세하게 이거 해라- 저거 해라- 하지 않고 계속 주머니를 비워라 또는 사과를 상점에 가서 팔아야 한다 등의 것들만 반복적으로 이야기한다.

나는 동숲이라는 게임에서 일단 한나가 주머니에 있는 사과를 상점에 가서 팔기만 해도 성공이라고 생각한다. 한나가 동숲을 하는 모습을 보면서 가끔 생각한다. '어쩌면 저렇게 현실과 똑같지.' 모든 사람이 그렇다. 동숲 하는 스타일을 보면 그 사람의 스타일을 알 수 있다. 사라는 아주 전투적으로 한다. 온갖 공략과 팁을 잔뜩 들고 와서 나에게 알려주고, 나한테 돈이나 아이템을 한가득 주기도 한다. 예쁘지만 자신의 섬에는 필요 없는 인기 주민들을 주변 사람들에게 나눔하기도 한다. 마을의 모든 퀘스트를 완수하는 데 며칠이 안 걸린다. 나는 아주 천천히 즐긴다. 성실하게 낚시를 하고 과일을 따서 대출을 갚고, 집을 업그레이드하면서. 역시 현실의 나와 비슷하다. 한나도 그냥 현실과 똑같다. 너구리의 요구를 들어주지 않고, 낚시를 하더라도 상호 작용을 하지 않아서 물고기를 못 판다. 그래도 동숲은 유저를 재촉하는 게임이 아니어서 한나는 자기가 즐기고 싶은 대로 즐길 수는 있다. 하지만 게임을 더 재밌게 즐기려면 결국은 집을 업그레이드하고 물고기나

과일을 팔아 예쁜 옷이나 가구를 살 줄 알아야 한다. 이런 행위들을 한나가 할 수 있게 된다면, 현실도 이해할 수 있는 계기가 될 것이다. 심즈를 하면서 심즈의 언어 '불편해' 같은 표현을 이해한 것처럼.

IT 덕후 언니의 데스크 셋업 세계

우선 한나를 애플에 입문시키고 싶은 마음은 굴뚝같으나 한나의 손에 들어간 기기들은 모두 다른 기기보다 빠른 시간 안에 운명을 다하는 편이기 때문에 내구성과 가성비가 좋은 삼성 제품과 윈도우 컴퓨터로 셋업을 해주는 것이 좋을 것 같다. (가까운 미래에 내가 억만장자의 테크를 밟고 있을 때면 애플 제품으로 지원을 빵빵하게 해줄 예정이다.) 그리고 게임할 때 무조건 백

그라운드 사운드로 콘텐츠를 재생해 놓는 것이 나와 매우 흡사하기 때문에 내 것과 비슷한 세팅을 해주면 좋을 것 같다.

우선 한나는 지금은 좌우로 기다란 큰 모니터를 쓰고 있는데, 그것보다 나와 한나처럼 콘텐츠를 배경음으로 틀어놓는 사람들에게는 더블, 혹은 트리플 모니터가 최고다.

앞의 그림은 나의 책상을 그린 것이다. 좌측 모니터에는 카톡이나 메일, 참고해야 하는 웹페이지 등을 띄워놓고 메인 모니터에 글을 쓰는 창을 켜놓은 후 자바라 거치대에 걸어둔 아이패드에 콘텐츠를 틀어놓는다. '자폐한나씨'의 유튜브를 자주 시청한 분들은 알겠지만, 한나와 패턴이 굉장히 유사하다. 내가 따라 한 것도 아니고 한나가 따라 한 것도 아니고 둘 다 어쩌다 보니 이렇게 생활하게 되었다.

아무튼 한나는 현재 내가 예전에 쓰던 갤럭시 탭을 콘텐츠 재생용으로 사용하고 있는데, 한나는 나처럼 일을 하는 건 아니니 좀 더 그림용으로 좋은 갤럭시 탭 제품을 골라 장만해 주고 더블 모니터를 통해 콘텐츠 시청을 하도록 하는 것이 좋을 것 같다. 나 역시도 노가다성 RPG 게임을 돌릴 때는(검은 사막, 동물의 숲, 로스트 아크, 디아블로2 등) 왼쪽 모니터에 온갖 콘텐츠들을 가리지 않고 무한 재생해 놓는 편이다. 한나 역시 심즈나 닌텐도 게임 등을 할 때 필수적으로 콘텐츠를 틀어놓기 때문에 더블 모니터 세팅을 강력 추천한다.

이후 모니터 밑에 지금의 내 공간처럼 여러 게임 기기들을 세팅해 주면, 한 자리에 앉아 극락의 생활이 가능하다. 나 역시 셀프로 휴가를 내거나(프리랜서라 딱히 휴일이 없기 때문에 몸이 안 좋거나 스트레스가 극에 달하면 스스로 연차를 낸다) 일이 끝나고 밤샘 게임을 하고 싶은 날엔 저 완벽한 세팅 속에서 온갖 게임을 즐긴다. 일단 지금은 닌텐도 스위치를 입문시켰는데, 이후에는 플레이스테이션도 입문시켜 볼 예정이다. 한나가 슈퍼마리오 게임을 재밌게 하는 걸 보니 오픈 월드보다는 일회성 스토리 게임에 좀 더 흥미를 느끼는 것으로 판단되어 여러 게임팩을 장만해 볼까 한다.

추가로 아직 나도 못 써본 모션 데스크(책상의 높이를 수시로 조절할 수 있는, 상판이 움직이는 책상)를 세팅해 주는 것이 목표다. 우선은 내가 먼저 여러 모션 데스크를 써보고 한나에게 맞는 사용 방법을 전달해 주고 싶다. 한나나 나처럼 책상에 오래 앉아서 뭘 하는 걸 좋아하는 사람들에게는 모션 데스크가 필수인 것 같다. 일부 사람들은 모션 데스크를 사도 결국 '모션'의 용도로는 안 쓰게 된다고 하는데, 한나와 나는 성향 자체가 뭔

194

가 주어지면 뽕을 뽑을 때까지 연구해서 써버리기 때문에 아주 알차게 잘 쓸 것으로 예상된다. 의자는 현재 부모님이 한나의 허리가 나가지 않도록 잘 장만해 주고 있으므로 의자의 영역까지는 터치하지 않도록 하겠다.

키보드의 경우, 나는 직업이 글을 쓰는 일이기 때문에 손목과 손등에 무리가 가지 않는 무접점 키보드를 사용 중이다. 매우 만족도가 높지만 한나에게는 기계식 갈축, 백축 등을 추천해 주고 싶다. 이유는 무접점은 너무나도 쉽게 키가 눌리는데 한나의 경우엔 손가락의 힘 조절이 조금 어려워서 무접점 키보드를 줬다가는 파국이 될 게 뻔하다. 요즘은 귀여운 기계식 키보드들이 많이 나오니까 그중 한나가 원하는 디자인으로 선물해 주면 좋을 것 같다.

마우스는 최대한 가성비 제품으로 장만해야 한다. 이유는 한나는 손에 땀이 많아 마우스가 매우 잘 더러워지기 때문이다. 차라리 귀여워서 한나가 매우 좋아하고, 가성비가 좋은 제품들을 주기적으로 교체해 주는 것이 합리적일 듯하다.

이 모든 것들을 해주려면 난 진짜 돈을 많이 벌어야겠구나 싶다. 이 책이 대박 나서 위의 데스크 셋업을 꼭 해줄 수 있길 바라며….

차 덕후 막내의 자동차 세계

일단 한나 누나는 운전을 못 하기 때문에 다른 사람이 운전을 하고 누나는 평생 상석에 앉아야 한다. 그럼 상석이 좋은 차를 골라야 하는데, 그런 차를 우리는 '쇼퍼드리븐(Chauffeur-driven)' 차량이라고 부른다. '쇼퍼(Chauffeur)'는 '수행 기사'라는 뜻이다. 쇼퍼드리븐 차량은 차주가 직접 운전하는 것이 아니라 기사가 운전하는 차량이다. 사실 벤츠S 클래스나 제네시스 G90 같은 대형 플래그십 세단이 쇼퍼드리븐인데, 차주가 직접 몰고 다니는 경우가 더 많다.

쇼퍼드리븐 차량을 타는 게 조금은 비현실적이라고 생각할 수도 있지만, 지금 타는 카니발도 따지고 보면 쇼퍼드리븐이다. 쾌적성이 뛰어난 쇼퍼드리븐은 카니발만한 게 없다. 물론 카니발은 '미니밴'이고 '아빠 차'이기 때문에 쇼퍼드리븐이라고 취급되진 않는다.

물론 이 글에서 현실성을 조금은 배제할 것이다. 꿈은 크게 가져야 한다. 그럼 지금부터 한나 누나에게 맞는 쇼퍼드리븐 차량을 찾아보자.

⚡ 이 글에 등장하는 자동차 관련 사항은 2022~2023년 기준으로 작성됐다.

일단 한나 누나는 내가 태어났을 때부터 2014년(20세)까지는 좁아터진 99년식 쏘나타를 견뎌야 했다. 그리고 2015년에 우리 가족은 카니발을 샀다. 카니발의 그 쾌적하고 넓은 공간이 우리 가족을 만족시켰다. 이게 첫 번째 조건이다. 차가 넓어야 한다. 집이든 자동차든 넓으면 좋다. 크고 넓은 차량을 찾는 게 목표이기 때문에 일단 세단(일반적인 승용차 형태)은 제외한다. 그렇다면 남은 것은 쇼퍼드리븐 SUV이다. SUV는 현대 싼타페, 기아 쏘렌토 같은 차량이다. 인터넷에 찾아보면 바로 어떤 차인지 알 수 있다. 보통은 차를 잘 모르는 사람들한테 ‘짐 많이 실을 수 있는 차’로 알려져 있는 것 같다. 쇼퍼드리븐 차량이면서 SUV는 국산 차* 중에서는 없다. 카니발은 SUV가 아니라 미니밴이고 제네시스 GV80은 쇼퍼드리븐처럼 사용은 가능하지만 쇼퍼드리븐이 아니다. 팰리세이드는 못생겼다. 그리고 카니발, GV80, 팰리세이드와 같은 국산 차는 내가 좋아하지만 이왕이면 한나 누나에게 승차감이 최고로 좋은 외제 차를 추천해 주고 싶다. 국산 차가 승차감이 나쁘다는

---

* 이 글에서 “국산 차”는 르노코리아, KG모빌리티(구 쌍용자동차), 쉐보레를 제외한 현대자동차그룹(현대, 기아, 제네시스) 차량만 뜻한다.

말이 아니다(GV80은 나쁘다). 애초에 국산 차는 럭셔리 브랜드인 제네시스도 외국에서는 '약간 싼 맛에 타는 벤츠, BMW 느낌' 취급을 받는다.

두 번째 조건은 멀미가 절대 나면 안 된다는 것이다. 일단 차량이 움직이면서 승객에게 멀미를 유발하는 원인은 승차감에 있다. 우리 가족 중에서 멀미 안 하는 사람은 엄마와 사라 누나밖에 없다. 아빠가 멀미를 가장 심하게 하고 그다음으로 내가, 그다음은 한나 누나가 멀미를 한다. 지금 타고 다니는 카니발은 승차감이 나쁜 편은 아니지만 그렇게 좋은 것도 아니다. 고속도로에서 큰 요철을 만나면 차가 위로 붕 떴다가 가라앉는 게 심한 편이다. 그리고 요철을 밟고 있는 상황이 커브 길에서 벌어진다면 타이어가 차를 조금 힘들게 잡는 듯한 느낌이 든다. 물론 이 정도 성능이면 국산 차 진~짜 많이 발전했다. 국산 차가 생각보다 안전에도 전혀 지장 없으며 미국 사설 자동차 안전 연구 기관 IIHS에서도 '탑 세이프티 픽(안전하면 주는 상)'을 받아내는 경우가 많다. 아무튼 이런 멀미 유발이 없는 차를 골라야 한다. 차량의 정숙성도 승차감에 포함되는 문제인데, 우리가 지금 타고 다니는 카니발은 시끄러운 편이 맞다. 엄청 심한 건 아니지만 출시 직후 공명음 문제로 무상

수리를 했던 3세대 모델이기도 해서 수리를 다 받은 지금도 약간 시끄럽다는 느낌을 받는다. 겨울철 냉간 시동 시에는 굉음을 내기 때문에 디젤 엔진(카니발 같은 큰 차량에 쓰이는 "갈갈"거리는 엔진) 특유의 진동이 머리를 아프게 할 때도 있다.

이렇게 두 가지 조건을 모두 만족하는 차는 '랜드로버 레인지로버'다. 그중에서도 LWB(Long Wheel Base) 모델을 사야 한다. LWB는 축거(앞 바퀴 축과 뒷바퀴 축 사이의 길이)가 긴 것을 말한다. 실제로 차를 좋아하는 사람들 사이에서는 '축거'라는 말보다 '휠베이스'라는 말을 더 많이 쓴다. LWB 모델은 쇼퍼드리븐 차량을 더 쇼퍼드리븐답게 만들어 준다. 일반적인 쇼퍼드리븐은 뒷좌석이 앞좌석보다 약간 더 넓거나 비슷한 공간을 가지고 있지만, LWB 모델을 사면 앞좌석보다 훨씬 편안한 뒷좌석 공간이 만들어진다. 그러니까 리무진에 가까운 차라고 보면 된다.

랜드로버 레인지로버는 랜드로버의 플래그십 대형 SUV이다. '사막의 롤스로이스'라는 별명을 가지고 있을 정도로 매우 고급지고 승차감도 뛰어나다. 플래그십 세단의 기준이 벤츠 S클래스라면 플래그십 SUV의 기준은 랜드로버 레인지로버가 맡고 있다고 보면 된다. 부드러운 승차감에 초점을 맞춘 세팅 때문에 경쾌하고 민첩한 움직임을 만들 수는 없지만, 누가 운전해도 똑같이 부드럽게 느껴질 정도로 어떤 노면이든 충격이 느껴지지 않도록 해준다. 이렇게 좋은 레인지로버에도 치명적인 약점이 있다. 바로 툭하면 잔고장이 난다는 것인데, 이는 랜드로버의 모든 차량이 가지고 있는 공통점이다. 그래서 돈이 진짜 많고 언제든 쓸 수 있는 다른 차량이 항상 있으며 시간적 여유가 있는 사람만이 랜드로버 차량을 살 수 있다. 어쩐지 '리얼 부자'를 증명해 내는 물건이 됐다. 정비소 들어가기가 부끄러운 카푸어라면 랜드로버는 감당이 안 된다.

이런 비현실적인 차를 한나 누나가 탈 수 있을까? 사실 잘 모르겠다. 물론 내가 돈을 많이 벌어서 차를 사주겠지만 그때가 되면 또다시 고민하다 카니발 하이리무진 풀 옵션을 살 수도 있다. 역시 엄청난 가성비와 풍부한 옵션, 뛰어난 정비성은 국산 차만한 것이 없고, 국산 차라고 해서 무조건 멀미하는 것도 아니다. 멀미의 원인은 승차감도 있지만 요즘처럼 기술력이 좋은 시대의 차라면 운전자의 잘못이 크다. 그리고 랜드로버는 '잔고장도 많은데 최악의 정비성을 가진 차'라는 소문이 너무 심하게 돌고 있기 때문에 선택하기 어려운 브랜드다. 그렇다면 이렇게 생각하는 사람도 있을 것이다. '국산 차도 잔고장 심하지 않나?' 관리만 잘하면 별로 없다. 누가 자꾸 현대, 기아에 혐오감 아닌 혐오감을 가지고 이 회사들을 억지로 까 내리는데, 이런 것에 선동당하면 안 된다. 듣고 싶은 것만 듣고, 믿고 싶은 것만 믿고 살다가 몸과 마음이 둘 다 상하기 마련이다.

그래서 결론은 우선 내가 자동차 유튜버가 되어야 한다는 것이다. 자동차 유튜버가 되면 여러 차를 시승해 볼 수도 있고, 유튜브로 돈을 벌 수도 있기 때문이다. 절대 쉽게 생각하는 일이 아니다. 옛날부터 어떻게 유튜브를 할지 오랫동안 고민해 왔다. 내 계획은 생각보다 거대하다. 이제 곧 계획을 실행할 차례다. 그리고 나중에 이 계획이 성공하면 꼭 카니발 하이리무진이든 레인지로버 LWB든 한나 누나와 우리 가족을 데리고 즐겁게 여행을 다닐 것이다.

낚시 덕후 아빠의 낚시 세계

나는 어린 시절 아버지에게 낚시를 배웠다. 그때는 아버지가 낚시를 엄청나게 잘하는 줄 알았다. 하지만 나중에 내가 낚시를 좀 배워보니 아버지는 낚시에 대한 기본기가 없는 분이었다. 그저 아들과 함께 앉아 물고기를 낚는 추억을 쌓고 싶으셨던 것 같다. 물론 나 역시도 그런 시간들이 즐거웠다. 그러니 나중에 낚시에 관심을 가지게 된 것이겠지.

낚시가 취미가 되려면 상당한 지식과 실력을 요구한다. 하지만 아버지는 그냥 가끔 물가에 앉아 계시는 그런 분이었다. 세월이 흘러 내가 낚시를 제법 잘하게 되었을 때 아버지께 채비도 해드리고, 가르쳐 드리기도 했지만 결과적으로 실패했다. 아버지는 취미를 위해 공부하는 분은 아니었던 것이다. 그 시절 목사님들은 대부분 교회밖에 모르도록 요구받는 인생이었기에, 목사님인 아버지는 어쩔 수 없었을 것이다. 나도 여전히 그렇게 요구받고 있지만 그렇게 살고 싶지는 않다. 물속에 들어가기 위해서는 물 밖에서 공기를 잔뜩 마셔야 하지 않겠는가. 낚시는 언젠가부터 나에게 물 밖에서 마시는 공기 같은 존재가 되었다.

나는 좀 특별한 낚시를 좋아한다. 이름하여 '떡붕어 낚시'인데 일본 낚시라서 일본어를 그대로 옮기면 '헤라부나즈리'다. 우리말로 '주걱붕어'라는 이름의 물고기를 잡는 낚시다.

그런데 이 낚시가 굉장히 어렵다. 일본의 토종 붕어를 식용으로 개량하여 나온 것이 떡붕어인데 이 붕어를 잡기가 너무 어려운 것이다. 그래서 이 먹기 좋은 붕어를 기어이 잡아내기 위해 낚시가 진화하기 시작했고 지금에 이르러 매우 섬세한 낚시 기법이 된 것이다. 물론 지금 이 붕어는 식용으로서의 가치는 별로 없는 것 같다. 그것보다는 오히려 게임 피싱의 장르로 일본에서 엄청난 인기를 얻었고, 워낙 기술적으로 발달한 낚시다 보니 우리나라와 중국, 대만 등지에서 이 낚시를 도입해 나름대로 토착화를 해놓은 상태다.

내가 이 낚시에 빠진 이유는 '정확해서'이다. 어쩌다 보면 그냥 물고기가 잡히는 그런 장르가 아니다. 기술을 정확하게 구사해야 잡을 수 있는데 제대로 구사하면 틀림없이 잡힌다. 아버지가 하던 낚시는 물가에 앉아 즐기는 힐링 낚시였다면, 내가 하는 낚시는 '정확함'을 요구하는 낚시다. 물고기가 없는 곳에서야 어떤 낚시도 불가능하겠지만 그곳에 물고기만 있다면 실수 없이 잡아낼 수 있을 만큼 위력적인 것이 떡붕어 낚시다.

나는 이 정확도에 매료되었고, 이렇게 정확한 낚시를 구사하기까지 '구도자의 자세'로 정진해야 한다는 사실에 다시 한 번 매료되었다. 더군다나 대낮에 길지 않은 시간으로도 충분히 할 수 있어서 나같이 대낮에 짧게만 즐길 수 있는 사람에게는 안성맞춤이었다. 결국 낚시의 세계에 깊게 들어오면서 이제는 낚시를 제법 할 줄 아는 사람이 되었다.

그런데 이 낚시법을 한나에게는 가르쳐 주고 싶지 않다. 너무 어렵기 때문이다. 한나에게 추천하는 낚시는 장르가 따로 없다. 가장 쉽게 구사할 수 있는 낚시를 추천할 생각이다. 이름하여 '아빠 낚시'가 되겠다.

평소에도 우리 가족은 물가로 가면 내가 장비와 채비 세팅을 다 한다. 한나가 할 일은 내가 채비하고 미끼까지 달아놓은 낚싯대를 물에 던져 넣는 일이다. 그래도 한나는 찌가 물속으로 사라지면 챔질을 할 줄 안다. 그래서 준비를 해주고 미끼를 갈아주는 것이 상당히 즐겁다.

문제는 한나의 목표가 단 한 마리라는 것이다. 그 한 마리를 잡으면 한나의 낚시는 끝이 난다. 그리고 다음 단계인 라면 끓여먹기로 전환한다. 루틴과 규칙이 중요한 한나는 한 마리의 물고기를 잡게 되면 더 이상 낚시에 관심을 가지지 않는다. 어떻게 하면 더 잘 잡을까라는 생각 따위는 조금도 하지 않는 것이다.

그래서 한나에게는 내가 좋아하는 어려운 낚시도, 다른 사람들이 쉽게 하는 바닷가 생활 낚시도, 미끼 없이 하는 루어 낚시도 다 소용이 없다. 한나는 그저 '아빠 낚시'를 재미있게 할 뿐이다.

누구에게나 맞는 낚시 방법이 있을 것이다. 그저 물가에 앉아 쉼을 즐기는 '힐링 낚시'도, 정확함을 요구하는 '떡붕어 낚시'도, 그리고 한나가 행복하게 할 수 있는, 단 한 마리만 잡으면 되는 '아빠 낚시'도… 어쩌면 모두 물속에 들어가기 위해 물 밖에서 숨을 시원하게 들이키는 방법이 아닐까.

자폐 아동의 가족에게

 **소영**

　장애아를 낳고 키우는 것은 매우 힘든 일이다. 장애아를 키우면 다양하면서도 예상치 못한, 슬프고 힘든 일들이 일어나고, 그중에서는 감당하기 힘든 일도 생긴다. 그럴 때마다 엄마들은 엄마들 각자의 스타일대로 깊이 우울해하든지 크게 소리 지르든지 나름대로 표현할 것이다. 그런다고 해서 장애가 없어지는 것도 아닌데.

　가끔 도전 행동을 하는 한나한테 "너 왜 이러니!!"라며 울부짖을 때가 있었다. 아무 소용이 없어서 나만 손해라는 생각을 몇 번 했다. 내가 진심으로 감정을 전달하면 애가 반응이 있을까, 라는 생각을 해봤던 것인데… 그냥 내 속만 상하고 나만 울부짖고 나만 손해였다. 그런데 몇 년 뒤에 한나가 나에게 말했다. ‘나는 지난여름에 네가 한 일을 알고 있다’ 버전의 미소를 띠며… “엄마가 그랬지”라고 했다. 나는 답했다. “뭘?” 왜, 뭐 때문에 뜨끔한 걸까.

“엄마가 소리 질렀지.”

기억하는구나. 그리고 한나는 나에게 “소리 질러 봐”라고 했다. 그래서 약간 크지 않은 소리로 “야!”라고 했더니 막 웃는데 이게 뭔가 기뻤다. 쪽팔리기도 했는데 기분이 좋았다. 하지만 이건 비밀이다. 한나랑 나만의 비밀!

내가 말하고 싶은 것은… 장애아가 태어나는 건 하나의 현상이다. 현상을 보고 내가 받아들이고 그냥 키우면 된다. 쉽게 말해, 수포자(수학 포기자)가 수학 문제를 계속 붙들고 있다고 생각하면 된다. 그러다 보면 아이가 말을 하고 대소변을 가리고 혼자 옷을 입는 등의 행동을 하고 있다. (하지만 기대하면 안 된다. 아주 작은 변화니까.) 그러다 보면 나는 아이한테 익숙해져 있고 영원한 수포자일 것만 같던 내가 어느새 조금씩 세상과 상호 작용하는 아이를 보며 기쁨을 느낀다. 요즘 엄마들은 나보다 더 잘할 수 있을 거다.

결론적으로 말해주고 싶은 한 가지는… 장기전인데 초반에 힘을 너무 빼면 안 된다는 것이다. 이건 비장애 아이들도 마찬가지다.

화이팅!

 진성

제가 장애인 자녀를 둔 부모님들에게 하고 싶은 말은 딱 세 가지입니다.

첫째, 절대로 포기하지 마세요. 부모는 아이를 포기할 수 없도록 만들어진 존재입니다. 그리고 아이가 기댈 곳은 엄마 아빠뿐입니다. 그러니 절대로 포기하지 마세요. 언제나 아이가 의지할 언덕이 되어주세요.

둘째, 기대하지 마세요. 포기하려는 이유는 기대했기 때문입니다. 장애가 없어지기를, 비장애인들과 다름없는 삶을 살아가기를, 다른 아이들보다 더 나은 무언가가 있기를 기대하지 마세요. 그것이 포기의 이유가 됩니다. 내 아이는 그대로가 완전체입니다. 우리도 다른 사람이 있는 그대로 보아주기를 바라지 않나요? 우리 아이들도 그럴 겁니다. 포기하는 것은 아이를 시장 한가운데 내버려 두는 것과 같습니다. 포기한다고 내 아이가 나와 무관해지는 것도 아니고, 아이가 스스로 길을 헤쳐갈 수 있는 것도 아닙니다. 내가 포기하면 아이는 버려지는 것입니다. 그러니 부모는 자신을 포기하고 싶어도 아이는 포기하지 말아야 합니다. 기대하는 것은 준비도 안 된 아이를 무대 위에 올리려는 일입니다. 그러면 아이는 절망할 수 있습니다. 아이가 원하는 무대 위에 설 수 있을 때까지 기다려 주세요. 그게 사랑입니다.

셋째, 함께하세요. 장애를 가진 아이는 1인분이 아니라 2인분입니다. 억지로 혼자 짊어지려 한다면 무거워서 오래 버티지 못합니다. 그러니 엄마 아빠는 늘 함께 아이를 품으셔야 합니다. 그러면 아이를 오랫동안 가뿐하게 품을 수 있게 됩니다. 그리고 아이를 품는다는 건 곧 그 아이를 온 맘 다해 품는 배우자를 품는 것이기도 합니다. 저는 서투른 아빠였습니다. 그래서 이 모든 것들을 겨우겨우, 너무 늦게 배웠습니다. 하지만 이제는 확실하게 압니다. 그래서 여러분을 축복하며 권면합니다. 절대로 포기하지 마세요. 기대하지 마세요. 둘이 함께하세요.

한 번은 직장 동료들에게 이런 말을 들었다.

"작가님은 언제 울어요? 도대체가?"

그렇다. 나는 작품의 작업이 아무리 힘들어도, 그 힘든 작품이 성공적으로 잘 끝나도, 혹은 여러 울 만한 상황에서도 절대 안 우는 것으로 유명하다. 첫째로 눈물이 잘 안 나고, 둘째로 왜 울어야 하는지 모르겠다. 힘들면 더 열심히 해야 하고, 화나면 화내야 하고, 성공적으로 잘 끝나면 좋은 건데 말이다.

물론 집에 혼자 있을 땐 자주 운다. 왜 이렇게 짜증 나는 일들이 많은 건지, 왜 이렇게 다들 내 말을 이해 못 하는지, 왜 이렇게 일이 많은 건지, 쉬고 싶은데 시간은 왜 안 나는 건지! 그렇다. 이 역시도 그냥 혼자 일하다가 짜증 나서 우는 정도다. 아니면 가끔 슬픈 걸 찾아보면서 운다. 음- 잘 울었다- 하면서 금세 게임을 시작하긴 하지만 말이다. 아무튼 난 남들 앞에선 절대 울지 않는다. 남들 앞에서 약해지는 모습을 보이기 싫어하는 성격이다. 남들 앞에 있으면 흐르려고 준비 중인 눈물도 쏘옥 들어가 버린다.

하지만 신기하게도… 한나 얘기를 하면 금세 내 쭉 찢어진

두 눈에 찰랑거리는 눈물이 차오른다. 그러면 아이유의 노래 가사처럼 고개를 한껏 치켜들어야 한다. 눈물이 차올라서 고갤 드는 것이다. 한나는 나에게 그런 존재다.

한나 때문에 슬픈 건 아니다. 그저 한나는 나에게 너무나도 애틋한 존재일 뿐이다. 그 자존심 강한 내가 남들 앞에서 일곱 살짜리 어린 애마냥 울게 만들 수 있는, 나를 진심과 가장 가깝게 드러내 주는 그런 존재다. 다시 말해, 한나는 강력한 존재다. 최종 보스랄까….

한나는 예전부터 나를 참 특별한 존재로 만들어 주었다. '장애인의 날'이 되면 손을 번쩍 들고 발표를 했던 초등학교 저학년의 내 모습이 떠오른다.

"오늘은 장애인의 날이에요, 여러분~"

"선생님! 제 동생은 자폐아예요."

한나는 부끄러운 것도 아니고 이상한 것도 아니고, 조금 도움이 필요한 특별한 아이라는 이야기를 부모님에게 지속적으로 들어 일종의 세뇌 같은 걸 당했던 나는 '장애인의 날'이 되거나 장애인에 관련된 수업을 하면 꼭 손을 들고 발표를 했다. 우리 집엔 아주 자랑스러운 장애인 동생이 있다고 말이다.

"한나는요, 그림을 엄청 잘 그리고 기억력이 천재처럼 좋아요.”

그림을 노력해야 조금이나마 그릴 수 있었고 기억력이 안 좋아 어제 뭐 먹었는지도 기억 못 하는 내겐, 한나는 천재였고 초능력자였다.

이런 썰들을 푸는 건 성인이 되어서도 멈추지 않았다. 나는 한나를 주제로 한 여러 이야기를 SNS를 통해 풀었고, 그러다 보니 종종 나는 자폐 형제자매를 둔 이들에게 고백(?)의 메시지를 받았다. 부끄럽거나 속상하다는 이유로 형제자매의 존재를 잘 말하지 않고 살아온 자신에 대한 고해성사 같은 메시지들이었다. 그럼 나는 그들의 형제자매에 대해 이것저것을 물어본 뒤 “헉 귀여워”라는 메시지를 보내곤 했다. 진심이었다. 자폐인들은 대체로 좀 귀엽다. 마치 미국 드라마 〈빅뱅이론〉의 ‘쉘든’ 같다. 사회성이 없어서 주변 사람들을 힘들게 하지만, 악의가 없어서 웃기고 귀여운 존재.

자폐를 가진 형제가 있어서 힘들거나 부끄러운가? 아니면 억울한가? 아니면 속상하고 슬픈가? 아니면 부담감이 심한가? 그래도 괜찮다. 그럴 수 있다. 비장애인이 있는 집에도 형제자매가 연을 끊거나 서로를 증오하는 상황이 많이 발생하니까. 하지만 하나 말해주고 싶은 건… 내가 느끼는 감정을 부모님과 당사자는 훨씬 더 깊고 진하게, 몇 배로 느끼고 있다는 사실이다.

괜한 감정 소비를 하지 말자. 어쨌든 가족이라는 이름으로 맺어진 이상, 완전히 무시하고 살 수는 없는 노릇이다. 그러니, 지금 상황에 부정적인 감정을 느끼기보다는… 발상의 전환으로 내가 특별해졌다고 생각해 보자. 그래서 남들이 느끼지 못하는 감정을 느낄 수 있었고, 그래서 내가 성장할 수 있었고, 그래서 나는 세상에서 좀 더 유연하고 부드럽게 대처할 수 있는 혹은 좀 더 강하고 뚜렷하게 대처할 수 있는 어떠한 능력치와 스킬을 얻었다고. 나는 그렇게 생각한다. 진심으로.

솔직히, 나보다 위기 대처 능력과 '존버' 능력이 뛰어난 사람은 거의 없을걸? (하하.)

 무엘

잘하고 있는 사람들은 이미 잘하고 있을 것이고, 잘해볼 생각이 눈곱만큼도 없는 사람들은 말해도 듣지 않을 것이다. 그렇다면 내가 도와줄 수 있는 사람은 바로 '어려워하는 사람들'이다.

나는 장애인 전문가가 아니라 한나 누나 전문가이기 때문에 밖에서 다른 장애인을 만나면 공감이 조금 될 뿐, 비장애인들과 마찬가지로 비슷한 어려움을 느낀다. 장애인의 종류도 다양하고 '자폐'라는 것만 해도 스펙트럼이 다양해서 '자폐 스펙트럼'이라고 불리기 때문이다.

가족 중에 장애를 가진 사람을 위해서 명심하고 있어야 하는 것은 그 장애인 형제자매를 끝없이, 평생 연구하고 관찰해야 한다는 점이다. 요즘 나는 한나 누나도 많이 변화하고 있다는 것을 느끼고 있다. 그리고 그 변화는 우리 가족에게도 조금 낯설기 때문에 약간은 어려움을 느낀다. 이렇게 30년이 넘는 시간 동안 책임져 온 우리 가족도 한나 누나가 어려울 때가 있다. 그런데 자신의 형제자매나 자녀가 자폐인인데 어떻게 해야 할지 모르겠다고, 어렵다고 댓글로 도움을 요청하는 사람들은 얼마나 힘들까.

이런 사람들에게 해줄 수 있는 말은 열심히 노력해 보라고밖에는 못 하겠다. 이 말에는 매우 합리적인 이유가 있다. 우리 가족도 한나 누나에게 그렇게 해왔기 때문이다. 연구와 관찰은 누가 해줄 수 있는 게 아니다. 그리고 자동으로 되는 것도 아니다. 스스로 열심히 노력해서 연구하고 관찰해서 결론

을 도출해 내길 바란다. 물론 그 결론은 끊임없이 바뀌겠지만,
결론이 바뀌는 걸 인지하는 것만으로도 성공하는 길을 찾은
것이다.

Mission 11.

한나세를 저장하기

연락처를 저장하는 방법을 보면 그 사람의 성격을 알 수 있다. 그리고 저장한 사람에 대한 감정이나 시각도 알 수 있다. 물론 정확히 이름 석 자를 입력하여 연락처를 저장하는 사람들도 있겠지만, 대부분의 사람은 가족이나 연인, 가장 친한 친구 등에 색다른 이름을 붙여 저장한다.

우리 가족이 저장한 한나의 연락처를 보면 각자의 성격이 매우 잘 드러나 있다. 나는 의미 부여를 했고, 엄마와 아빠는 실용성을 택했으며, 막내는 막내답게 그저 '누나'로 한나를 바라보는 것이 느껴진다. 여러분도 이참에 다른 사람들이 여러분을 어떤 식으로 저장했는지 한번 물어보길 바란다. 꼭 유익하진 않더라도 재밌는 경험이 될 것이다.

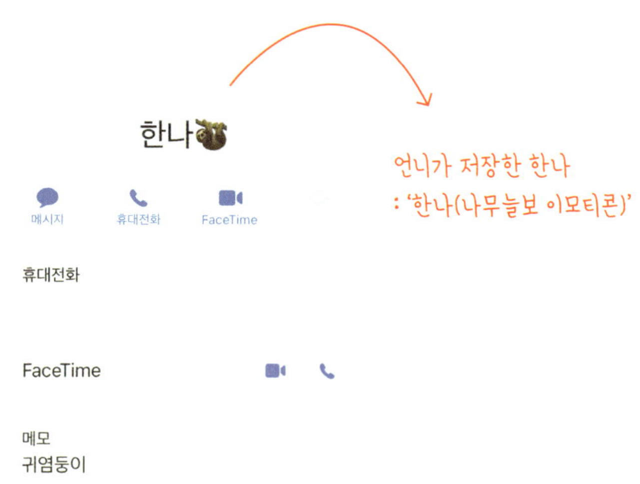

아빠는 백조, 엄마는 플라밍고, 무엘이에게는 발바닥 모양
의 이모티콘을 붙여놨는데 한나에게는 나무늘보를 붙였다.
뭐든 느릿느릿하게 조금씩 나아가는 우리 한나랑 닮아서. 참
고로 개인 폰 말고 업무용 스마트폰에는 '한나찡♥'으로 저장
되어 있다!

엄마가 저장한 한나
: '간지 김한나'
ㄱ으로 시작하도록 저장해서
빨리 찾아야 하기 때문이다.

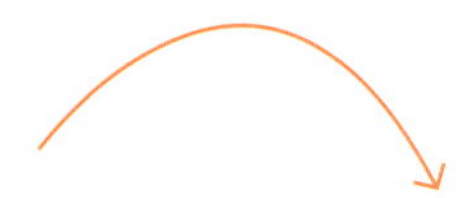

간지한나

아빠가 저장한 한나
: '간지한나'
엄마와 같은 이유로 저장했다.
(메모에 있는 별명이
인상적이다.)

메모
헛소리대마왕

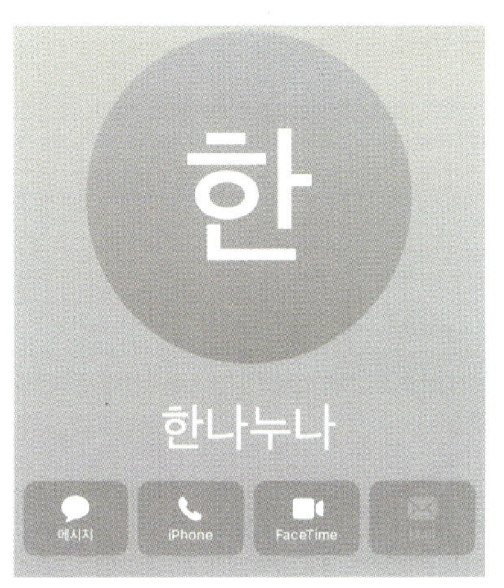

동생 무엘이가
저장한 한나
: '한나누나'
이유: 그냥.

한나는 그림을 잘 그린다
화가가 될래요!

주로 그림판 + 마우스로 작업을 하는 한나!
제목: 5명 마이티
제목: 으아

그리고 어느 날...
오~ 한나
그림 그려?

와- 완전
무섭게 생긴 그림이네
귀신 그림이야?
그림 제목이 뭐야?
귀
찮
샤샥

언니
응...?
그림 제목 '언니'

??

왜 그러는 건데
나한테...

왜...

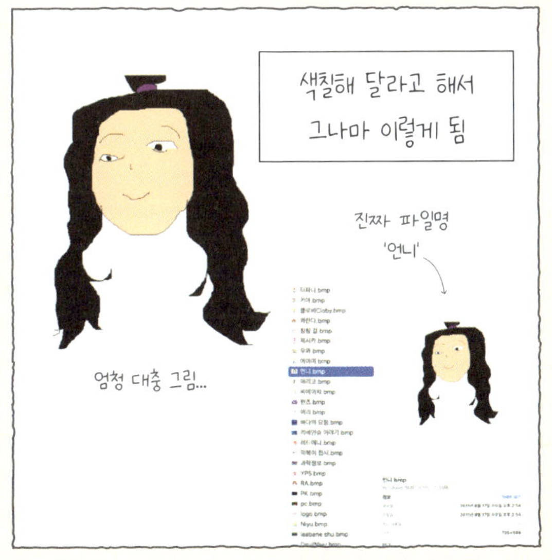
색칠해 달라고 해서
그나마 이렇게 됨

진짜 파일명
'언니'

엄청 대충 그림...

Mission 12.

한나씨 갤러리

한나의 꿈은 화가입니다! ⚡ 하지만 한나는 자폐인이죠.

그래서 한나는 아버지가 사주시는 그 유명한 와콤 태블릿도 절대 사용하지 않고 언니가 깔아준다는 포토샵이나 기타 그림 그리는 프로그램도 절대 사용하지 않았답니다.

대신 한나는 그림판과 마우스를 사용했습니다! 네! 그 그림판이요. 컴퓨터에 기본으로 있는 그 프로그램을 통해 한나는 한땀 한땀 마우스로 정성을 다하여 그림을 그렸습니다.

최근에는 태블릿 PC로 그림을 그리기도 하지만 그래도 여전히 한나씨의 그림판 실력은 변치 않았답니다.

그래서 준비했습니다. 한나씨의 그림 중 언니가 재밌어 보이는 것만 엄선한… 한나씨 갤러리! 한나가 직접 마우스와 그림판으로 그리고, 제목까지 직접 적어 저장한 그림들입니다.

⚡　지금까지와 달리, 한나씨가 그림으로 직접 집필에 참여한 특별 미션인 만큼 한나씨의 언니가 도슨트가 되어 경어체로 진행한다.

한나씨가 만든 '캣걸즈' 세계관

캣걸즈의 역동적인 변신 장면

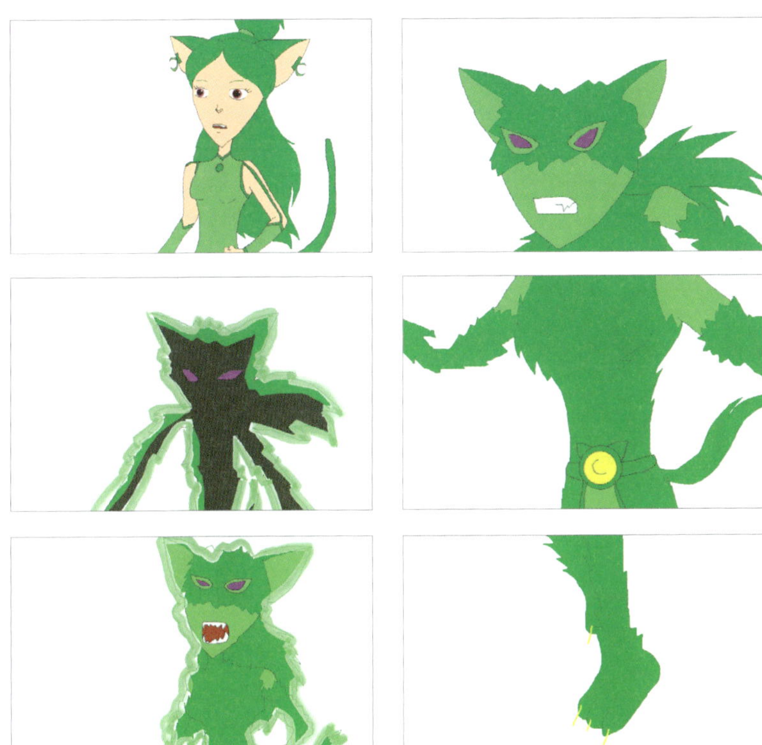

나비 사람

한나씨는 나비를 아주 무서워했답니다. 그래서일까요? 한나씨는 나비를 열심히 공부하기 시작했습니다. 이제 한나씨는 지나가는 나비를 보고 무슨 나비인지 맞출 정도로 나비 박사가 되었습니다.

이 특징은 가족 전체에 두루 나타나는 성격인 것 같아요! 저도 어릴 때 빨간 마스크 괴담이 무서워서 빨간 마스크에 대한 특성을 공부했던 기억이 있습니다. 그래서 친구들에게 그 괴담이 왜 허무맹랑한 괴담인지 열심히 설파하고 다녔지요. 사무엘도 어릴 때 엘리베이터를 엄청 무서워했는데, 엘리베이터가 추락하지 않는다는 확신을 얻기 위해 엘리베이터 공부를 엄청 열심히 하더니 구조를 다 외워버린 적이 있답니다.

무서운 것을 그냥 두는 게 아니라 열심히 공부해서 오히려 마스터해 버리는 것! 한나씨로부터 배울 수 있는 아주 좋은 인생 자세가 아닐까 싶어요.

다음 쪽의 그림은 한나씨가 좋아하는 나비를 의인화해서 만든 세계관입니다. 각 나비의 특징이 잘 드러납니다.

호랑나비

제비나비

Sericinus
꼬리명주나비
Monarch
제왕나비
Cabbagewhite
배추흰나비

정확한 창작 계기는 알 수 없으나, 한나씨가 즐겨보는 만화
〈피치피치핏치〉, 〈프리큐어〉 등에 영향을 받아 만든 여자 멤
버들로 구성된 일종의 히어로 그룹인 것으로 추측됩니다. 각
캐릭터의 설명 역시 한나씨가 직접 적은 것입니다.

앤솔(Ansol)

저의 집에 사는 소녀에요.
나는 취미 할까면 청소,
나물꺽기, 밥 등 좋아 한다.

도로시(Doroccy)

나의 발명품의 막대
발바닥으로 탄 것을
좋아 한다.

엣솔(Etsol)

저의 사택에서 사는 소녀에요.
피아노 치기 좋아 합니다.

도로비(Dorovy)

도로시의 착한
내 동생이에요.

레모네이드(Lemonade)

나는 수영 하는 것 참 좋아해요.
참 아주아주 좋아해요

테라시(Teraccy)

나의 음악가다
연주하고 주제한다고
했다.

파푸이 이초 보잉보잉

　한나씨가 자주 만드는 세계관 중 하나인데, 자매 두 명과 형제 한 명, 그리고 부모님과 강아지로 구성된 세계관입니다. 본인이 자란 가정의 구성원에 영향을 많이 받은 것으로 보입니다.

한나씨의 자화상입니다.

개인적으로 좋아하는 그림입니다. 분명히 문지방에 발가락을 찧었거나 레고를 밟았을 겁니다.

작품명이 꽤나 인상적인 그림입니다. 가족들이 화낼 때 한 나씨가 웃는 이유를 알 수 있는 부분입니다.

귀신

역시나 한나씨가 자주 만드는 세계관(여성 멤버로 이뤄진 그룹)입니다. 이름은 딱히 적혀 있지 않지만, 악당을 바라보는 모습을 실루엣으로 살벌하게 표현한 점과 제목을 '귀신'이라고 정한 것이 감명 깊습니다.

　통영잠포학교는 공립 특수학교로서, 지적장애 학생들을 위한 특수교육기관입니다. 유치부, 초등부, 고등부, 전공과로 나뉘어져 있는데, 한나씨는 일반 고등학교 과정까지 모두 마친 후 잠포학교의 전공과에 들어가 여러 가지를 배웠습니다.

　한나씨는 늘 그랬듯 잠포학교에서도 '그림을 잘 그리는 친구'로 유명했답니다. 학교 행사에서는 간식 코너, 악세사리 코너 등이 있었는데 한나씨는 친구들을 그려주는 그림 코너를 맡았어요. 축제에서는 방송 댄스를 열심히 연습해 선보였는데 굉장히 뛰어난 춤 실력을 선보이기도 했답니다.

　한번은 교장 선생님의 얼굴을 그렸는데, 나중에 교장 선생님이 메신저 프로필 사진으로 설정해 두었다면서 보여줬다고 합니다.

　만화 그림체 말고도 초상화도 잘 그리는 한나씨입니다. 다음은 잠포학교 사람들의 모습을 그려준 한나씨의 최근 그림입니다.

Seonmi
Jooyoung
Haeyun
Hyeraan

German

Maïk

German

Jooyoung

Eunbyul

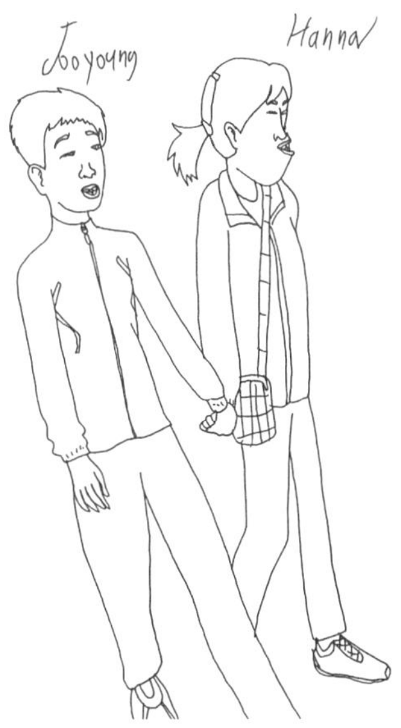

Jooyoung
Hanna

최근에 그린 손그림

그림체는 이전과 비슷합니다.

손으로도 그림을 잘 그리는 한나씨.

언니에게 선물로 준 민화

얼마 전에는 민화를 그려 언니에게 선물로 주었습니다.

김한나 오리지널 시리즈

넷플릭스 저리 가라, 김한나의 오리지널 시리즈!

실제로 한나씨가 제목을 붙이고 만든 일종의 '만화'입니다. 대사 역시 한나씨가 창작했습니다. 한나씨 머릿속의 유니버스를 엿볼 수 있지요. 물론 한나씨는 애니메이션을 이것저것 즐겨보기 때문에 여기저기 짬뽕으로 내용들이 섞여 있거나 오마주된 것들이 있을 수 있습니다. 작가인 언니가 해석해 보는 한나씨의 오리지널 시리즈… 지금 시작합니다!

4형제 vs 데빌2

데빌 두 명과 히어로 형제 네 명의 싸움 구도로 시작되는
이야기입니다. 데빌2가 장난을 쳐서 4형제가 막는 모양입니
다. '수작 그만둬'를 '투작 그만둬'라고 하는 귀여운 오타까지.
데빌2는 아주 여유롭게 '그럴 수도 있지~'의 뉘앙스를 풍기며
서 있습니다.

4형제가 각자의 스킬을 사용하여 데빌2의 뒤를 쫓습니다.
각 형제의 스킬샷들이 돋보이는 컬러 선택이군요.

스킬에 공격당하는 데빌2와 '마블' 시리즈스러운 '난 히어
로이고 짱 강한 존재이며 스토리상 내가 너를 이길 수밖에 없
어서 여유롭다'는 식의 대사를 던지는 초록 형제입니다.

데빌2가 결국 내부 분열을 일으키고… 파랑 형제가 뭔가를 던지는데…!

 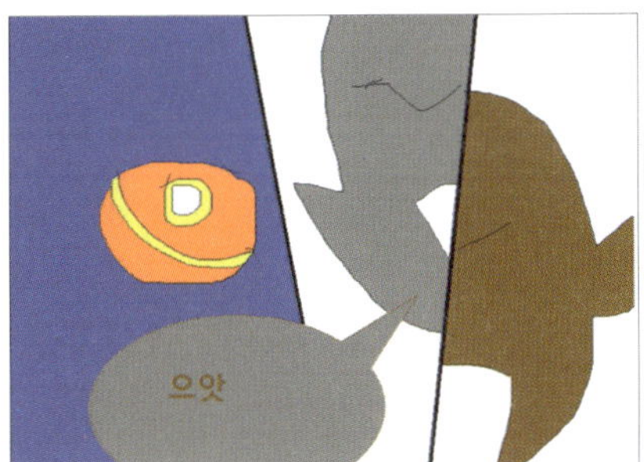

궁극의 스킬처럼 보이는 주황색 공이 날아가자, 분할 화면 속에서 놀라는 데빌2. 마지막까지 노랑 형제가 긴장의 끈을 놓지 말라고 형제들에게 경고함으로써 멋진 플래그까지 세우며 〈4형제 vs 데빌2〉의 이야기가 마무리됩니다. (다음 화가 궁금해지지만, 애석하게도 다음 화는 없습니다.)

리베인 슈 미스터리

〈리베인 슈 미스터리〉는 만화처럼 전개된 내용은 없으나, 이 크루가 함께 미스터리를 해결하는 듯한 장면들이 몇 개 있어 한나-유니버스에 포함했습니다. 우선 등장인물 소개입니다.

리베인 슈

루기

파인

칼레드

블렌시

(파일명은 '블렌시'이고 그림에는 '브레미'라고 표기)

LEABANE SHU

〈리베인 슈 미스터리〉의 표지 그림입니다. 캐릭터부터 표지까지의 파일 저장 날짜를 보면 각각 2009년, 2011년, 2012년으로, 한나가 굉장히 오랫동안 구상(?)해 온 세계관임을 알 수 있습니다.

작품명 '뛰어'

간결한 제목에서 긴박한 상황임을 인지할 수 있습니다.

다음은 간략한 스토리입니다.

뭔가 미스터리한 존재와 맞닥뜨린 리베인 슈 일행.

파인을 필두로 미스터리의 정체를 조사해 봅니다.

그리고 용감하게 그것을 다시 찾아 나서는데….(끝)

이후 한나씨는 마지막으로 이 세계관의 작품을 그린 지
6년 만인 2018년에 다시금 표지를 제작했습니다.

훨씬 더 역동적인 인물들의 동작과 함께 발전한 그림 실력
이 돋보입니다.

조개속에 진주가 있네

조개를 찾으러 떠나는 가족들의 이야기입니다. 폴더 이름은 "조개속에 진주가 있네"라고 되어 있는데, 각 그림마다 "조진1", "조진2" 등으로 적어두었습니다. '조진'은 얼핏 보면 비속어 같아서 웃기지만, 줄임말을 써둔 것입니다. (한나가 줄임말을 쓰는 것 자체가 매우 경이롭습니다.)

바다로 간 가족들, 아빠의 말을 시작으로 열심히 조개를 캐기 시작합니다.

조개를 정말 많이 캤습니다….

그리고 그 조개 속에서 진주를 발견했습니다! (끝)

금팔찌(?)를 발견한 할아버지. 할머니에게 보여줍니다.

금팔찌를 팔아 남은 돈으로 빨간 멋쟁이 자켓을 구매한 할머니. 아들에게 남은 돈을 주고, 아들은 상남자의 상징 핑크 옷을 구매해 아내에게 자랑하지만, 아내는 탐탁지 않은 것처럼 보입니다.

아내는 남은 돈으로 연보라색 모자를 사고, 또 남은 돈으로
첫째 딸이 파란색 모자를 삽니다.

남은 돈으로 라면을 사야겠다고 생각하는 둘째 아들. 막내
도 옆에서 형의 의견에 동조하는 듯 보입니다.

온 가족이 모여 도란도란 라면을 맛있게 먹습니다.

비하인드

나야 뭐 글을 직업으로 하는 사람이니, 그리고 한나 이야기는 여기저기 하도 많이 하고 다녔으니, 글 쓰는 게 그렇게 어렵지 않았다. 다만, 책이라는 것을 처음 써보는 우리 가족들과 함께하는 게 굉장히 새로운 도전이었다. 보조작가들에게는 며칠까지 내놔라, 라고 말하면 될 일이었지만 가족들은 다들 본업이 있는 상황이었고, 글을 처음 써봐서 빠르게 초고가 나오지 않기도 했다. 그런 상황에서 내가 주제를 내어주고 초고를 받고 어느 정도 수정 제안을 한 뒤 다시 수정을 요구하고 완고를 내는 이 복잡한 과정이 쉽지 않았다.

물론 바쁜 가족들을 탓할 생각은 없지만, 그리고 나 역시도 다른 여러 글을 쓰고 있는 중이라 바빠서 글 취합 과정이 매우 오래 걸렸던 것도 사실이지만, 정말 쉽지 않은 도전이었다. 본업이 있고 바쁜 와중에도 나와 함께 글을 마무리 지어준 가족들에게 고맙다는 말을 하고 싶다.

아무튼 그렇게 글을 취합하는 와중에, 아무래도 주인공이 한나인 책인데… 그래서 한나에게는 자기소개 글을 부탁했다. 놀랍게도, 한나의 자기소개 글은 꽤나 빨리 도착했다.

그렇다. 이 책을 쓰는 데 있어서 가장 협조적이었던 건 김한나였다. 역시 한나가 짱이다.

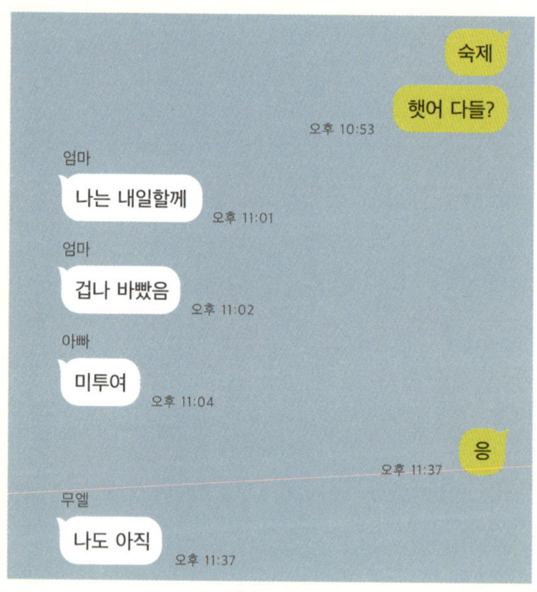

숙제를 미루는 가족들

나(사라)의 피드백과 가족들의 대답

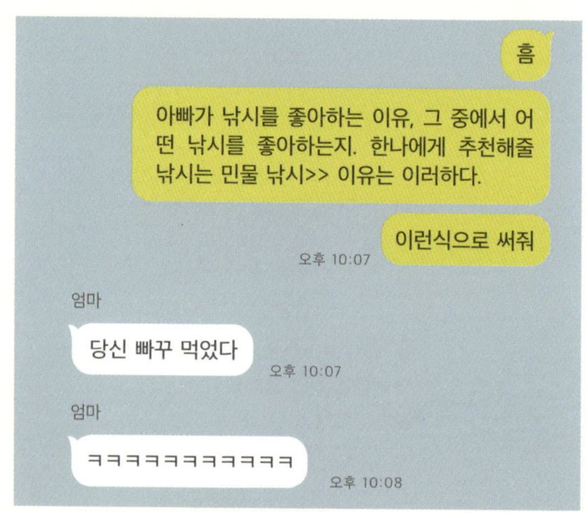

아빠의 1차 수정

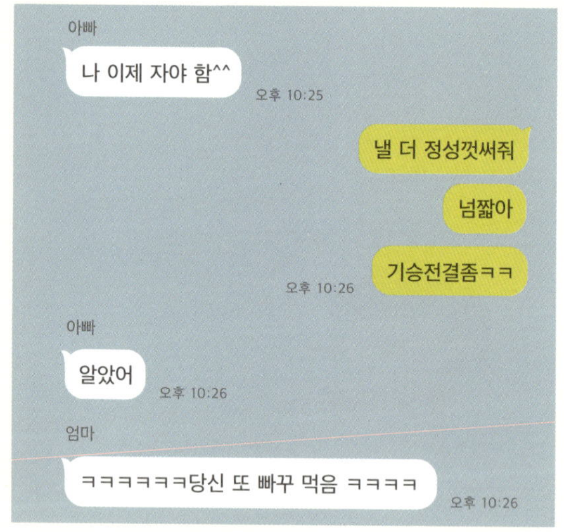

아빠의 2차 수정과 이미 통과한 엄마의 즐거움

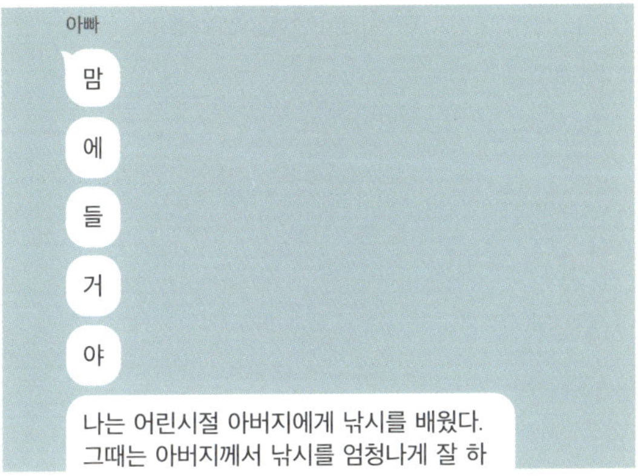

아빠의 3차 출사표

통과한 아빠

우리는 자폐특공대

우선, 이 책을 끝까지 읽어주신 독자분들께 감사하다는 말씀을 드리고 싶습니다. 이 책이 여러분의 삶에 작든 크든 긍정적이든 부정적이든, 어떠한 영향을 주었으리라 생각합니다.

한 가지 말씀드리고 싶은 것이 있습니다. 이 책을 다 읽은 이상, 여러분들도 "자폐특공대"의 일원이 되었다는 소식입니다. (원하지 않아도 어쩔 수 없습니다.)

자폐특공대에 들어오신 것을 매우 열렬히 환영합니다. 아, 자폐특공대에서의 여러분의 역할이 궁금하실 텐데… 딱히 없습니다! 그저 한나와 우리 가족을 기억해 주시면 됩니다. 저도 이 책을 펼쳐주신 여러분을 영원히 기억할 테니까요. (물론

하고 싶은 역할이 있으시다면 당연히 해주셔도 됩니다! 외교관이든, 초능력자든, 뭐든요!) 정말 감사합니다.

김사라 드림

P.S

또 다른 자폐특공대 일원이 되어주신 주호민 작가님께, 이 책이 세상에 나올 수 있게 연결점이 되어주셔서 감사드립니다! 늘 행복하시길 바랍니다!

자폐특공대

1판 1쇄 인쇄 2025년 4월 15일
1판 1쇄 발행 2025년 4월 30일

지은이 김사라 · 김소영 · 김진성 · 김한나 · 김사무엘

발행인 양원석 **편집장** 차선화 **책임편집** 박시솔
디자인 최자윤, 김미선 **영업마케팅** 윤송, 김지현, 백승원, 유민경
일러스트 김사라, 박선하

펴낸 곳 ㈜알에이치코리아
주소 서울시 금천구 가산디지털2로 53, 20층 (가산동, 한라시그마밸리)
편집문의 02-6443-8890 **도서문의** 02-6443-8800
홈페이지 http://rhk.co.kr
등록 2004년 1월 15일 제2-3726호

ISBN 978-89-255-7375-5 (03810)

※ 이 책은 ㈜알에이치코리아가 저작권자와의 계약에 따라 발행한 것이므로
   본사의 서면 허락 없이는 어떠한 형태나 수단으로도 이 책의 내용을 이용하지 못합니다.

※ 잘못된 책은 구입하신 서점에서 바꾸어 드립니다.

※ 책값은 뒤표지에 있습니다.